COMEDIAS BÁRBARAS
III
ROMANCE DE LOBOS

LITERATURA

ESPASA CALPE

RAMÓN DEL VALLE-INCLÁN
COMEDIAS BÁRBARAS III
ROMANCE DE LOBOS

Edición
Ricardo Doménech

COLECCIÓN AUSTRAL
ESPASA CALPE

Primera edición: 4-III-1947
Décima edición: 16-V-1994

© *Carlos del Valle-Inclán Blanco, 1908*

© *Espasa Calpe, S. A., Madrid*
—
Depósito legal: M. 5.713—1994

ISBN 84—239—7344—1

Esta edición sigue el texto de la última publicada por el autor,
Madrid, Imprenta Sáez Hermanos, 1922

Reservados todos los derechos. Queda prohibido reproducir, almacenar en sistemas de recuperación de la información y transmitir parte alguna de esta publicación, cualquiera que sea el medio empleado —electrónico, mecánico, fotocopia, grabación, etc.—, sin el permiso previo de los titulares de los derechos de propiedad intelectual

Impreso en España/Printed in Spain
Impresión: Talleres Gráficos Peñalara, S. A.

Editorial Espasa Calpe, S. A.
Carretera de Irún, km. 12,200. 28049 Madrid

ÍNDICE

Introducción de Ricardo Doménech 9
   Fortuna de *Romance de Lobos* 9
   Primera lectura 13
   Lectura simbólica. El espacio escénico 20
   El simbolismo del lenguaje 27
   Consideraciones finales 35

Bibliografía 43

Esta edición 49

ROMANCE DE LOBOS

Jornada primera 55
Jornada segunda 83
Jornada tercera 119

Glosario 151

INTRODUCCIÓN

Fortuna de «Romance de Lobos»

La literatura de Ramón del Valle-Inclán se nos presenta estructurada en grandes conjuntos —tetralogías, trilogías—, como si el autor quisiera contarnos, no una historia, sino la historia de muchas historias fragmentarias, la crónica de un mundo, de una sociedad, de una época. Piénsese en un tetralogía como las *Sonatas;* en trilogías novelescas como *La Guerra Carlista* o la incompleta de *El Ruedo Ibérico;* en trilogías dramáticas como *Martes de Carnaval*... o las *Comedias Bárbaras,* que se cierra con Romance de Lobos. A veces, un título engloba y unifica textos que surgieron aislados unos de otros: por ejemplo, *Retablo de la Avaricia, la Lujuria y la Muerte.* E incluso en ficciones que han quedado sin agrupar con otras —como la novela *Flor de Santidad* o la tragicomedia *Divinas Palabras,* pongamos por caso—, su conexión con obras anteriores y posteriores se hace evidente, a través de reiteraciones estratégicas, de la repetición de personajes secundarios, etc.

Esta comprobación nos permite advertir en seguida que Valle-Inclán es de esa clase de escritores que, movidos por un afán de perfección, conciben su literatura como si toda ella fuera una sola obra. La coherencia que percibimos en la *Opera Omnia* no es resultado, solamente, de factores externos —la tipografía, las ilustraciones—, sino del contenido. Nótese, además, lo pronto que Valle-Inclán se ocupa de su publicación —ésta se inicia en 1913—, el cuidado que pondrá siempre en los textos y presentación tipográfica de esa edición tan singular; la ordenación, dentro de ella, de cada título, buscando la unidad y armonía en la totalidad (así, por ejemplo, cuando aún no ha escrito *La Lámpara Maravillosa,* que es la formulación teórica de su propia estética, le reserva el primer lugar en la numeración de la *Opera Omnia).*

Este amor, esta autoexigencia tan grandes, con que Valle-Inclán forjó su literatura, nos deben obligar a leerle también de un modo autoexigente: inteligente. A Valle-Inclán no se le puede leer como a los escritores del montón —¡que tanto abundan!—, sino de muy otra forma: con cierta devoción, con los cinco sentidos, en la seguridad de que, tras la lectura, veremos compensada con creces esa actitud nuestra.

Leamos así ROMANCE DE LOBOS, la obra que la mayoría de los críticos coinciden en valorar como la más plenamente conseguida de las tres *Comedias Bárbaras*[1]. Pero antes de ello —o después: a veces los prólogos son más útiles después— tengamos a la vista cierta información, ciertos esquemas conceptuales que han de ayudarnos. Para empezar, recordemos que la primera edición es de 1908. Un año antes, se había publicado en folletín, en *El Mundo.* El paso del periódico al libro supuso algunos pequeños cambios en el texto. En las posteriores ediciones —la de 1914 y la de 1922—, el autor todavía introdujo leves modificaciones, correcciones, matices... En fin,

---

[1] Véase nuestra edición de *Cara de Plata* y de *Águila de Blasón* en esta misma Colección Austral.

añádase la existencia de una adaptación escénica de Romance de Lobos, inconclusa, cuyo manuscrito autógrafo conservan los herederos.

En cuanto a los montajes de Romance de Lobos, recordaremos, para empezar, los dos que se han realizado de la trilogía completa:

1.º El dirigido por José Carlos Plaza, con dramaturgia de Vicente Molina Foix, vestuario de Pedro Moreno y música de Mariano Díaz, en el Teatro María Guerrero (Centro Dramático Nacional), el 8 de mayo de 1991. (Principales intérpretes: José Luis Pellicena, Berta Riaza, José Pedro Carrión, Amparo Pascual y Toni Cantó.)

2.º El dirigido por Jorge Lavelli, versión francesa de Armando Llamas, escenografía de Graciela Galán y música de Carmelo Bernaola, en el Festival de Avignon, el 9 de julio de 1991; y posteriormente en París y en el Festival de Tardor de Barcelona. (Principales intérpretes: Michel Aumont, María Casares, Isabelle Karajan y Jean Quentin Chatelain.)

Aisladamente, Romance de Lobos ha subido a los escenarios más de una vez. Rivas Cherif ha mencionado un estreno en Buenos Aires, por la Compañía de Francisco García Ortega, con asistencia del autor [2]. García Ortega, con anterioridad, había dado a conocer *Águila de Blasón* en Barcelona, en 1907. Sin embargo, el que debemos considerar verdadero estreno de Romance de Lobos, por las condiciones en que se produce, es el montaje de José Luis Alonso, con decorado y figurines de Francisco Nieva, en el Teatro Nacional María Guerrero, el 24 de noviembre de 1970. Fueron intérpretes José Bódalo, José María

---

[2] Cipriano Rivas Cherif, «El teatro en mi tiempo y mi tiempo en el teatro», *Tiempo de Historia,* núm. 51, febrero de 1979, pág. 63.

Prada, Margarita García Ortega, Julia Trujillo, Félix Defauce, Ricardo Merino...

Alonso resumió en estos términos su adaptación escénica de la obra:

> Ya don Ramón empezó a convertir el *Romance de Lobos* que conocemos de lectura, en un texto más «representable». Fue un trabajo que dejó a medio hacer. Fundió personajes y suprimió algún cuadro. Sobre esta versión que conservaba su hijo el doctor don Carlos del Valle-Inclán, yo me he limitado a aligerar los monólogos y a cambiar el orden de dos escenas. He condensado las famosas acotaciones, aquí extensísimas, y las hago llegar a través de una familia campesina y trasladadas a la banda sonora.

Y en cuanto a la escenografía, esta idea central:

> En la versión que antes mencioné, leemos la siguiente anotación: «este cuadro debe representarse ante una cortina negra». No hemos llegado a ese extremo. Pero sí a emplear los elementos indispensables, a la mayor desnudez, a la ausencia de un «naturalismo» que era lo que don Ramón quería aconsejarnos con esa nota escrita de su puño y letra [3].

Recuerdo bien aquel espectáculo. Quizá no fuera acertado —como reprocharon algunos críticos— el intento de conservar las acotaciones, recitadas o cantadas a la manera del teatro épico de Brecht. Pero el montaje resultó espléndido. Espléndido fue también el ROMANCE DE LOBOS del espectáculo «total» presentado por Plaza, con una interpretación formidable, difícil de olvidar, de José Luis Pellicena (Don Juan Manuel) y José Pedro Carrión (Fuso Negro) en las escenas 3.ª y 4.ª del acto III.

---

[3] José Luis Alonso, «Antecrítica», *ABC,* 24 de noviembre de 1970.

Primera lectura

ROMANCE DE LOBOS se divide en tres actos o «jornadas». El acto I empieza de noche y termina al amanecer; el II continúa, casi sin transición, ya por la mañana; el III comienza al anochecer —transcurridos dos o tres días— y concluye a la mañana siguiente. Los escenarios son diversos: exteriores (caminos y encrucijadas, playa, cueva frente al mar) e interiores (la casona de Viana del Prior y la de Flavia-Longa, mostrándosenos de esta última la capilla, la alcoba de Doña María, una antesala y la cocina). Las tres grandes líneas argumentales de *Cara de Plata* y de *Águila de Blasón* reaparecen de la manera siguiente:

1.ª La desenfrenada vida amorosa de Don Juan Manuel, que tan expresivamente hemos conocido en *Cara de Plata* y en *Águila de Blasón,* acaba de un modo radical, con la irrupción de la Santa Compaña (ya en la escena 1.ª) y la muerte de Doña María. La conciencia de su culpa, el profundo arrepentimiento, hacen de Don Juan Manuel otro hombre.

2.ª El enfrentamiento padre-hijos, presente en *Cara de Plata* e intensificado en *Águila de Blasón,* culmina en ROMANCE DE LOBOS, conduciéndonos a esa escena última en que Don Mauro mata a Don Juan Manuel.

3.ª El problema social —una sociedad decadente, el final de una época— se plantea ya en *Cara de Plata* con el conflicto del paso por Lantañón y el posterior enfrentamiento de Don Juan Manuel con el Abad, y encuentra en ROMANCE DE LOBOS un desenlace coherente y sorprendente a la vez, al convertirse Don Juan Manuel en adalid de los pobres, de los oprimidos.

Tan trabadas, tan bien enlazadas están estas tres líneas en ROMANCE DE LOBOS, que se nos muestran ahora como una única acción. El eje o ángulo de esa acción única es, por supuesto, el cambio en la conciencia de Don Juan Manuel Montenegro. Veamos todo esto con detalle.

La acotación inicial del acto I nos presenta a Don Juan Manuel, de noche, volviendo borracho de la feria. No es casual el modo como cabalga: «se tambalea de borrén a borrén», y al caballo lo gobierna «sin cordura, y tan pronto le castiga con la espuela como le recoge las riendas». El caballo se encabrita y entonces Don Juan Manuel «luce una gran destreza», al tiempo que «reniega como un condenado».

Descripción muy parecida de Don Juan Manuel cabalgando se hallará en *Sonata de Otoño*. Allí, el caballo derriba al jinete, y éste queda malherido. Aquí, lo que interrumpe la carrera del jinete —viéndose derribado, asimismo— es la aparición fantástica de la Santa Compaña; aparición que, claro está, supone un aviso del destino para quien, como Don Juan Manuel, vive de la misma manera que monta a caballo. El que en la escena se produzca esa caída tiene un valor anticipatorio: si en *Cara de Plata* y en *Águila de Blasón* hemos conocido a Don Juan Manuel en la cúspide de su poder, en el exceso y en la locura de su violento vivir, en ROMANCE DE LOBOS vamos a presenciar su caída: la *caída del héroe trágico*. Lo que en *Cara de Plata* se prefigura con frases como: «A esta casta de renegados la hemos de ver sin pan y sin tejas. ¡Más altos adarves se hundieron!» (I, 1.ª), en ROMANCE DE LOBOS se consuma en el acto III.

La alucinante visión de las almas en pena provoca inmediatos efectos en el protagonista. «Después de haber visto las luces de la muerte —dice, ya en su casa, a Micaela la Roja—, no quiero ver otras luces si debo ser de Ella» (I, 2.ª). Sin embargo, lo que anuncia de momento esta aparición fantasmal es la muerte de Doña María, como sospecharemos —con Don Juan Manuel— al terminar la escena, y comprobaremos más tarde. Esa muerte va a generar varias escenas de carácter ceremonial y otras, muy intensas, de poderoso contenido trágico. Entre las primeras, recordemos aquella en que Benita la Costurera y Doña Moncha amortajan el cadáver (I, 5.ª), como también los diversos plantos corales (final de la escena última del acto I; final de la escena 2.ª del acto II, y escena 3.ª del acto II). Entre las otras, que manifiestas la soledad y desesperación de Don Juan Manuel, debemos destacar de momento las escenas 4.ª y 5.ª del acto II, y la escena 2.ª del acto III, en las cuales presenciamos estos hechos fundamentales:

1.º Ayudado por Don Manuelito y Don Farruquiño, Don Juan Manuel abre la tumba de Doña María... con el mismo impulso con que Orfeo entra en el reino de los muertos para rescatar a Eurídice, si bien aquí no hay promesas divinas —¡aquellas maravillosas promesas divinas a Eurídice... por muy condicionadas que estuvieran!—, sino esa desnuda verdad que es la encrucijada de la vida y de la muerte, y la decisión de morir, que expresa Don Juan Manuel: ordenando que esta sepultura quede abierta, aguardándole.

2.º La confesión pública que hace Don Juan Manuel. Excesivo en todo, elige él mismo esta forma de declarar sus culpas, ante un Don Manuelito tan condescendiente como atónito, y un asustado grupo (coro) de criados y mendigos [4]. Don Juan Manuel expone aquí su remordimiento por la que ve como gran culpa de su vida: «haber sido verdugo de un alma», de Doña María (II, 5.ª).

---

[4] Nótese el contraste con la confesión pública que hacía Don Juan Manuel en *Cara de Plata* (III, escena última). Aquella confesión —burlesca— prepara esta otra —honda, sincera—, con una enorme coherencia dramática, permitiendo ver mejor el cambio del personaje.

3.ª Esperando —desesperado— la muerte, Don Juan Manuel se ha encerrado con llave en la alcoba de Doña María. No quiere salir ni dejar entrar a nadie. Y el autor consigue transmitirnos muy bien la soledad, la angustia interior del personaje, valiéndose de un efecto sonoro: desde una antesala, oímos con otros personajes el constante, obsesivo «rumor de los pasos que vienen y van», los pasos de Don Juan Manuel, en el piso de arriba. Tales pasos constituyen, realmente, la acción principal de la escena.

Bien entendido que estos tres hechos que acabamos de señalar no deben aislarse de otros con los que se engarzan, se articulan, ya que todo ello viene a integrar un único hilo dramático: el proceso de conciencia de Don Juan Manuel, proceso que se origina desde el principio, con la aparición de la Santa Compaña, y que se completa en las últimas escenas de la obra.

Acerquémonos ahora al enfrentamiento padre-hijos. En ROMANCE DE LOBOS, los hijos que asumen un mayor protagonismo son Don Pedrito, Don Farruquiño y Don Mauro, en tanto que Don Rosendo y Don Gonzalito continúan en un plano secundario. *Águila de Blasón* ya nos ofreció pruebas concluyentes de cómo son estos jóvenes: viciosos, desalmados, violentos, mezquinos..., incluyendo a Don Farruquiño, que allí era seminarista y aquí —se nos dice— ya ha sido ordenado. Componen los cinco el último eslabón, triste y aleccionador a la vez, de una poderosa dinastía familiar, «donde hubo —rememora Don Juan Manuel— santos y grandes capitanes» (II, 4.ª). Su comportamiento, cuando muere Doña María, no puede ser más repulsivo: se entregan a un expolio sistemático, brutal, de la casona (cfr. las escenas siguientes: I, 4.ª; II, 1.ª, y II, 3.ª). Esto aparte, debemos retener dos enfrentamientos violentos que preparan el desenlace:

1.º El que se produce —o está *a punto* de producirse— entre Don Juan Manuel y Don Pedrito, al encontrarse en una encrucijada de caminos (II, 2.ª). Don Juan Manuel va a pie, acompañado por los mendigos; y Don Pedrito, a caballo, como iba siempre Don Juan Manuel. Padre e hijo no llegan a agredirse. El hijo quiere hacerlo, pero se interpone la tremenda figura del Pobre de San Lázaro y, tras éste, la sombra fantasmal de Doña María. Está lleno de sugerencias el intercambio que, al término de la escena, hacen Don Juan Manuel y el Pobre de San Lázaro: el Mayorazgo cede su bastón al mendigo, quedándose con el bordón.

2.º El de Don Mauro, Don Rosendo y Don Gonzalito con varios chalanes (II, 6.ª), muchos de los cuales habían intervenido, colateralmente, en las dos partes anteriores de la trilogía. Hay que destacar aquí a Oliveros, hijo de Ramiro de Bealo —pero, en realidad, hijo natural de Don Juan Manuel—, cuya presencia y arrogancia desencadenará la reyerta con los Montenegro. Lo de menos ahora es esa reyerta como tal; lo interesante de ella estriba en que hace evidente la fuerza bestial de Don Mauro, siempre gritando: «¡Para mí, tres!» En la disputa entre Don Juan Manuel y los hijos (III, escena última), Don Mauro será precisamente guien golpeará —y matará— al padre.

La muerte de Don Juan Manuel se nos va presentando como una *ofrenda,* y al hacer esta afirmación estamos retomando ya la tercera de las líneas argumentales de ROMANCE DE LOBOS: la referente a la cuestión social. Fijémonos en la conclusión de la escena 4.ª, acto III. El anciano, desfallecido, literalmente acabado se halla frente al mar «verdoso y temeroso», con la sola compañía del loco y enigmático Fuso Negro. Ha dejado todos sus bienes a los hijos, está esperando la muerte; de hecho, ha abandonado el mundo de los vivos... Pero no basta con su arrepentimiento ni con esta desnudez para alcanzar la «salvación»; como héroe trágico, al menos. Quien ha vivido sólo para sí, deberá morir *por* y *para* los otros. Las quejas de una mujer de luto, con cuatro niños descalzos, le hacen volver al mundo. Esta mujer es la viuda de uno de los marineros de la barca de Abelardo, los cuales naufragaron y murieron ahogados... por culpa de la obstinada imprudencia de Don Juan Manuel. Éste ha dejado en su testamento unas mandas para las familias de esos marineros. Pero los hijos no han cumplido con el mandato; y a esta mujer, por ejemplo, cuando se ha acercado a la casona a pedir «un bien de caridad», le han soltado los perros. Un noble sentimiento de piedad levanta al que fue déspota y «pecador». Y, exangüe, sin un pedazo de pan que llevarse a la boca (piénsese en el comienzo de la escena: hambriento, oye a Fuso Negro roer un mendrugo de pan), dice a la mujer con resolución: «Iré a pedir una limosna a la casa que fue mía, y si hallo la puerta cerrada, la derribaré para que entres tú con tus hijos.»

Nuevas injusticias va a descubrir el padre en cuanto llegue a esa puerta. La escena siguiente se abre con la hueste de mendigos que «descansa ante el portal de la casona». Se lamenta Dominga de Gómez, comparando la mezquindad y codicia de los jóvenes Montenegro con la magnanimidad de sus antecesores: «¡De toda la vida lo recuerdo! Al son de las doce repartíase el pan y las berzas a los pobres que acudíamos a este portal. Era una caridad de fundación.» Poco después, se abre el postigo: echan de la casona a los viejos criados (Micaela la Roja, Don Galán...). El postigo se cierra de nuevo. Y antes de que Don Juan Manuel haga que se vuelva a abrir, permítasenos un pequeño retroceso, buscando el nexo dramático que prepara esta secuencia.

Releamos el encuentro de Don Juan Manuel con los mendigos (I, 6.ª). Su aparición nocturna —«figuras entrevistas a la luz de un relámpago»— no es menos espectral que la de la Santa Compaña: «Patriarcas haraposos, mujeres escuálidas, mozos lisiados hablan en las tinieblas, y sus voces, contrahechas por el viento, son de una oscuridad embrujada y grotesca.» Es la miseria, el hambre, la desnudez más extrema (anuncio de la que aguarda al protagonista, al término de la obra). Para Don Juan Manuel, este encuentro constituye una revelación. Oigámosle:

> El día en que los pobres se juntasen para quemar las siembras, para envenenar las fuentes, sería el día de la gran justicia... Ese día llegará, y el sol, sol de incendio y de sangre, tendrá la faz de Dios.

No sólo eso. Su rebeldía va más allá:

> Nacisteis pobres, y no podréis rebelaros nunca contra vuestro destino. La redención de los humildes hemos de hacerla los que nacimos con ímpetu de señores cuando se haga la luz en nuestras conciencias.

No es una perorata o una elucubración en el vacío. Si regresamos a la última escena —Don Juan Manuel con la viuda y los huérfanos del marinero, con la hueste de mendigos—, comprobaremos que es el antecedente de esta arenga, con la que irrumpe en la casa, gritando a estos desposeídos que le siguen: «¡Entrad conmigo todos! ¡Mis verdaderos hijos sois vosotros! ¡Ayudadme para que pueda saciar vuestra hambre de pan y vuestra sed de justicia!» Don Mauro intenta echar brutalmente a los mendigos. Entonces Don Juan Manuel se interpone y abofetea al hijo, y éste «con un aullido, hunde la maza de su puño sobre la frente del viejo vinculero, que cae con el rostro contra tierra». No escapará Don Mauro a esa misma muerte violenta, si bien lo que en Don Juan Manuel tiene el valor de una ofreda, en la muerte de Don Mauro tiene el significado de un castigo.

Lectura simbólica. El espacio escénico

Valiéndonos del procedimiento de la *doble lectura* —o lectura simbólica— del texto, procedimiento que ya hemos puesto en práctica en la Introducción a las anteriores *Comedias Bárbaras* y en otros trabajos sobre Valle-Inclán, empezaremos con el análisis del espacio. Tres de los cuatro escenarios fundamentales son comunes a *Cara de Plata* y *Águila de Blasón:* la encrucijada de caminos, la casa señorial y el templo. Y el cuarto pertenece solamente a ROMANCE DE LOBOS: el mar, que en la penúltima escena va unido a la cueva [5].

La violencia, motivo recurrente en la trilogía, encuentra un marco muy idóneo en caminos y encrucijadas. Así, en dos escenas de ROMANCE DE LOBOS, particularmente violentas. Primera: la del enfrentamiento de Don Pedrito con Don Juan Manuel, en «un paraje de álamos y de agua», al que se accede por «un camino humilde de verdes orillas» (II, 2.ª). Segunda: la de la reyerta entre los hijos de Don Juan Manuel y el grupo de feriantes: «Sobre la encrucijada de dos caminos aldeanos, un campo de yerba humilde.» No falta una referencia que impregna de sacralidad el lugar: hay «un retablo de ánimas entre cuatro cipreses», donde «rezan las viejas anochecido» (II, 6.ª).

Sin embargo, el camino o encrucijada más impresionante se sitúa en el arranque mismo de la obra. Es de noche. Hay maizales próximos al camino, y brillan entre ellos las luces de la Santa Compaña. Muy pronto, el espacio se transforma en un ámbito maravilloso: la orilla de un río, con las brujas queriendo tender un puente sobre él. Ese

---
[5] El mar aparece también en *Águila de Blasón* (II, 6.ª) pero, como tal espacio, es allí irrelevante.

río, claro está, separa las orillas de la vida y de la muerte. Al acabar la escena, volvemos a la «realidad», con el caballo paciendo la hierba que crece en la tapia del cementerio. La celebrada escena de Mari Gaila y el Macho Cabrío en *Divinas Palabras* (II, 8.ª), comporta el despliegue de una técnica muy similar para obtener la transformación fantástica del espacio.

En ROMANCE DE LOBOS, la casa señorial no es menos relevante que en *Cara de Plata* o en *Águila de Blasón*. Allí, se asocia con Don Juan Manuel. Aquí, tenemos la impresión de que se relaciona más con Doña María, con la muerte de Doña María, tanto en Viana del Prior como —sobre todo— en Flavia-Longa. Observemos la insistencia del autor en transmitirnos, mediante un lenguaje puramente visual, *espacial,* una aguda sensación de misterio y angustia. Por ejemplo:

> El viento se retuerce en el hueco de las ventanas, la lluvia azota los cristales, las puertas cerradas tiemblan en sus goznes. ¡Toc-toc!... ¡Toc-toc!... Aquellas puertas de vieja tracería y floreado cerrojo sienten en la oscuridad manos invisibles que las empujan. ¡Toc-toc! ¡Toc-toc!... (I, 2.ª).

Fijémonos en la ventana que «el viento bate locamente con un fracaso de cristales». O en esa antesala en la que «el viento se retuerce ululante y soturno». O en esas vidrieras que «tan pronto se cierran estrelladas sobre el alféizar como se abren, trágicas y violentas» (I, 2.ª).

Esta presencia del viento y de la lluvia, de la noche, acompañan el discurrir de la acción, intensifican su sentido. A veces, ciertos sonidos nocturnos, imprecisos, e incluso el silencio mismo, despiertan nuestra inquietud:

Canta un gallo y el hidalgo, hundido en un sillón de la antesala, espera con la mano sobre los ojos. De pronto se estremece. Ha creído oír un grito, uno de esos gritos de la noche, inarticulados y por demás medrosos. En actitud de incorporarse, escucha (I, 2.ª).

Los tres escenarios parciales que se nos presentan de la casona de Flavia-Longa (la cocina, la alcoba de Doña María y la capilla) son significativos. La cocina aparece en II, 3.ª, para enmarcar varias escenas dramáticas de carácter preparatorio, y es el lugar elegido para que culmine la acción (III, escena última), con el acarreo de una serie de imágenes fuertemente sacralizadas, que luego hemos de analizar. En *El Embrujado,* Valle-Inclán repite esa elección. Por lo demás, ya hemos visto en *Águila de Blasón* hasta qué punto fascina al dramaturgo este lugar tan enraizado en las tradiciones mágicas y populares [6].

Cuando Don Juan Manuel llega a la casona, quiere ir inmediatamente a la alcoba donde murió Doña María: «Allí estará su sombra, esperándome» (II, 3.ª). Aunque de manera indirecta, sus palabras nos recuerdan la superstición según la cual el alma de los muertos permanece algún tiempo —un tiempo indeterminado— en la habitación donde se ha producido su muerte. Las acotaciones, desde luego, nos dan una impresión de misterio, de temblor ante lo desconocido. Piénsese en la escena en que Doña Moncha y Benita la Costurera amortajan a Doña María. Si bien no falta el componente grotesco —¡ese terrible «se ha ciscado toda»!—, el entorno creado por las

---

[6] Su huella en la literatura y el teatro es reconocible en diversas obras. El ejemplo que, sin dudar, yo pondría en seguida es la cocina de la bruja en la Primera Parte de *Fausto.*

acotaciones y por la presencia misma del cadáver, más la actitud supersticiosa de las dos mujeres, es como este amanecer: «adusto e invernal». Leemos:

> La lluvia azota los cristales de la ventana y se ahíla en un lloro terco y frío, de una tristeza monótona, que parece exprimir toda la tristeza del invierno y de la vida. La ventana se abre sobre el mar, un vasto mar verdoso y temeroso (I, 5.ª).

La identificación del espacio —no sólo de esta habitación— con Doña María hace que el saqueo que llevan a cabo los hijos, en el plazo de Flavia-Longa, resulte doblemente profanador. El Capellán se lo recriminará, llamándoles sacrílegos (I, 4.ª). Sacrilegio el suyo que, en el caso de Don Pedrito y, más específicamente aún, de Don Farruquiño, va más lejos aún, por el expolio de la capilla (II, 1.ª). Las acotaciones destacan, con gran detallismo, el robo de los objetos cultuales: el copón, la patena —que en manos del mal ordenado sacerdote tiene «el áureo brillo de un tesoro»—, las despabiladeras, etc., así como también de otros, igualmente sagrados: por ejemplo, la espada de plata de la escultura del arcángel San Miguel. Advirtamos aún que el lado tenebroso de la escena se acrecienta por el temor de Don Pedrito a que Doña María «se levante» cuando Don Farruquiño pisa sobre la sepultura. Esa sepultura adquiere algo más tarde su mayor relevancia en el juego escénico: el momento en que Don Juan Manuel, ayudado por el Capellán y por Don Farruquiño, quita la losa y se inclina sobre «el hueco negro, pestilente, húmedo», con un sollozo «sofocado y terrible», gritando: «¡María Soledad, espérame!» (II, 4.ª).

El mar, asociado a la tormenta y, finalmente, a la cueva, es el otro gran escenario de ROMANCE DE LOBOS.

La acotación inicial de la 3.ª escena, acto I, nos habla de una «noche de tormenta en la playa», nos describe cómo «el mar ululante y negro» se estrella contra las restingas, nos hace ver a las mujeres que «esperan el retorno de las barcas pescadoras», y oír el graznar de las gaviotas y el lloro de algún niño: «voces de susto que agrandan la voz extraordinaria del viento y del mar». Las acotaciones posteriores reafirman la enormidad de la tormenta, de este mar embravecido, en ocasiones con imágenes tan inspirada como esta: «Los relámpagos tiemblan con brevedad quimérica sobre un mar montañoso.»

Pues bien, sobre este escenario —un escenario a medias shakespeariano, a medias romántico— proyecta el autor la figura de Don Juan Manuel Montenegro. Su identificación con el mar y con la tormenta es reconocible desde el principio. A las prudentes palabras del Marinero, advirtiendo que al mar «no le temen los que no le conocen», Don Juan Manuel replica: «Yo le conozco y no le temo.» Para él, este «tiempo bravo» es «siempre preferible a la calma», y por eso echa en cara al Marinero: «Si fueseis gente de mar, os gustaría.» Toda la personalidad de Don Juan Manuel está aquí, en estas rudas y vehementes afirmaciones. Pero recordemos que su deseo de hacerse a la mar obedece a un motivo imperioso —llegar en seguida a Flavia-Longa, para encontrar con vida a Doña María—, y esta angustia y sufrimiento del personaje es, al fin, lo que se refleja en la tormenta y el mar. La identificación de Don Juan Manuel con el espacio es tan plena que «su voz de dolor y desdén vuela deshecha en las ráfagas del viento».

En la escena 6.ª, «la barca, con el velamen roto, ha dado de través en los arrecifes de la orilla». Don Juan Manuel, a pesar de la oscuridad de la noche y de la tormenta, seguirá el camino a pie. Las acotaciones reiteran lo espantoso del temporal:

> El fragor del viento entre los pinos apaga todos los demás ruidos de la noche. Es una marejada sorda y fiera, un son ronco y oscuro, de cuyo seno parecen salir los relámpagos.

En este Don Juan Manuel que le planta cara a la tormenta, podemos distinguir el modelo en que se inspira Valle-Inclán: *El rey Lear* (acto II, escena última; acto III, escenas 2.ª y 4.ª). Se ha señalado a menudo, y no hemos de tener reparo en admitirlo. Pero conviene matizar, a renglón seguido, que a la vez hay mucho de original, de genuinamente valleinclaniano en esa tormenta de ROMANCE DE LOBOS. En primer lugar, los topónimos —con frecuencia, reales, aunque usados de forma subjetiva, estratégica—, el léxico del argot marinero y otros varios recursos, acreditan de sobra que estamos en Galicia. En segundo lugar, la identificación de Don Juan Manuel se produce, no sólo con la tormenta, sino *con el mar*. La presencia escénica del mar constituye uno de los mayores hallazgos de la obra. Presencia y también, como venimos observando, relación profunda con el protagonista. Reparemos en el espléndido monólogo de la escena 3.ª, acto III:

Días después de aquella accidentada travesía —en la que, luego de seguir el Mayorazgo a pie el viaje, la barca se hizo a la mar y naufragó, muriendo todos los tripulantes—, Don Juan Manuel increpa al mar. Las frases del comienzo marcan el tono poemático de la intervención: «¡Mar, tus olas no se abrieron para tragarme!... ¡Quisiste aquellas vidas y no quisiste la mía!» Don Juan Manuel expresa su mala conciencia: la mala conciencia del náufrago sobreviviente. Ya ha repartido la hacienda entre los hijos, y sólo quiere morir. En su exasperación, las vivencias del pasado se revelan bajo una nueva luz: «¡Mi alma en otra vida, aquella vida de que huyo, también fue un mar, y tuvo tempestades, y noches negras, y monstruos que habían nacido de mí!» No debemos pasar por alto este otro aspecto en la identificación con el mar, si bien el sentido global de éste, en el texto, responde al simbolismo tradicional, que resumiré con palabras de Juan Eduardo Cirlot:

> El mar, los océanos, se consideran como la fuente de la vida y el final de la misma. «Volver al mar» es como «retornar a la madre», morir [7].

En su asociación con la cueva, ese simbolismo adquiere la mayor expresividad. Estamos en la escena 4.ª del acto III. Se nos presenta allí un paisaje desolado: la costa ante «un mar verdoso y temeroso»; en la arena, un charcal donde «blanquean los huesos de una vaca» sobre los que revolotean los cuevos... Aunque Valle-Inclán no lo diga, todo hace pensar en la laguna Estigia. La cueva —«una cueva socavada por el mar»— es el «cocho» de Fuso Negro, y Don Juan Manuel viene a este refugio para dejarse morir. Retengamos dos ocasiones en que se utiliza la palabra *cueva* como sinónimo de sepultura: lo hace Don Juan Manuel, aludiendo a la tumba de Doña María («¡Maldito quien intente poner la losa antes de haber bajado yo a la cueva!», II, 4.ª) y lo hace la Mujer, refiriéndose al enterramiento del esposo muerto, con la consiguiente promesa de Don Juan Manuel: «¡Yo cavaré la cueva para tu marido!» (la escena que comentamos). En el «cocho» de Fuso Negro, casi no hay luz: «apenas distingo tu sombra en esta cueva», le dice Don Juan Manuel. Y dentro de ese ambiente espectral se desarrolla el importante diálogo entre los dos personajes.

---

[7] *Diccionario de símbolos,* Barcelona, Labor, 1979, pág. 298.

El simbolismo del lenguaje

El acarreo de un lenguaje ya «hecho» —tanto si, efectivamente, está tomado de la realidad, como si aparenta estarlo— constituye un rasgo estilístico en el que hemos reparado al examinar las dos anteriores *Comedias Bárbaras*. En ROMANCE DE LOBOS vamos a encontrarlo de nuevo.

Hay refranes y oraciones sentenciosas (sólo un ejemplo: «¡La verdad ciega como la luz!», dice Micaela la Roja); repeticiones y muletillas («¡Para mí, tres!», grita *cuatro veces* Don Mauro, II, 6.ª); una confesión pública (la de Don Juan Manuel, III, escena última); oraciones corales (por ejemplo, la letanía de la Santa Compaña, en la primera escena); exorcismos («¡Brujas fuera! ¡Arreniégote, Demonio!», exclama la Roja, I, 2.ª); plantos (I, 6.ª, y II, 3.ª, además del *cierre* de la última escena: el reiterado «¡Era nuestro padre!»); una canción popular (la nana «Eh, meniño, eh», II, 3.ª); voces inarticuladas (el «Tou Tou» de Fuso Negro, semejante al «Touporrotóu» del mismo personaje en *Cara de Plata)*... Todo ello comporta una *ritualización* del lenguaje, un tono de salmodia, con grandes posibilidades escénicas en la línea de un espectáculo ceremonial.

Acorde con esa ritualización, el lenguaje nos brinda un simbolismo rico y vario, que discurre en determinadas series de imágenes. Sin pretender un acopio exhaustivo de éstas, vale la pena que nos fijemos en las siguientes.

a) Imágenes animales

La más repetida y más sugerente, visible ya en el título, es la del lobo. Salvo en un par de frases aisladas —metafóricamente, en una de ellas se habla de los lobos y de la sed, y en otra se define con éstos un arenal—, dicha imagen se aplica a Don Juan Manuel Montenegro o a los hijos, ya que, con respecto a aquél, éstos son «lobeznos, hijos de lobo» (II, 4.ª). Agreguemos en seguida que hay menos referencias que correspondan a Don Juan Manuel, si bien harto indicativas, y además, asumidas, reconocidas por él mismo. Así, por ejemplo, esta patética confesión a Fuso Negro: «Fui toda mi vida un lobo rabioso, y como lobo rabioso quiero perecer de hambre en esta cueva» (III, 4.ª).

En cambio, en lo concerniente a los hijos, suele tratarse —con dos o tres excepciones tan sólo— de lo que otros personajes dicen de ellos o de la precisa caracterización que se desprende de las acotaciones. Por ejemplo, Don Manuelito los llama lobos en tres escenas distintas (I, 3.ª; I, 4.ª, y II, 4.ª). Es particularmente interesante la convergencia de alguna otra imagen animalística, que refuerza la del lobo, o que sirve de aposición. En el primer caso, observemos la imagen del águila: interrelacionando el blasón y los jóvenes Montenegro, la acotación retrata a los violentos «cuatro segundones en aquel balcón de piedra que remata con el escudo de armas: ¡Águilas y lobos!» (III, 5.ª). Nótese también la metáfora de Don Galán, a propósito de las hijas de Andreíña y de los hijos de Don Juan Manuel: «tres cabras que se acochan con los lobos» (III, 5.ª). Para terminar, destaquemos la imagen de la oveja, siempre en aposición —explícita o implícitamente— a la del lobo. «¡Nosotros somos ovejas y ellos son lobos que nos enseñan los dientes!», dice Don Galán, lamentándose del trato que los viejos criados reciben de los jóvenes Montenegro (III, 5.ª). Y en otro momento, este grito de Don Juan Manuel a los mendigos, instándoles a la rebelión: «¡Rabiad, ovejas!» (III, 5.ª) [8].

---

[8] Otras dos imágenes animalísticas, coincidentes con la idea de inocencia, bondad o sumisión, aparecen en el texto: el cordero y la palo-

Por supuesto, en este bestiario hay también leones y perros. Los leones, como resulta previsible, conllevan un aura noble, majestuosa. Así lo descubrimos en Don Juan Manuel, cuando leemos que su sollozo es «sofocado y terrible de león viejo» (II, 4.ª). O bien cuando de él se afirma que «espera la muerte como un viejo león» (III, 4.ª). El Capellán se refiere a Don Juan Manuel empleando esa metáfora: «¡No acosemos al león!» (III, 2.ª). Y de otro lado, en su lúcido delirio, el propio Don Juan Manuel se pregunta: «¿En qué oscura cueva de lobo o de león iré a esconderme?» (III, 3.ª). En fin, Micaela la Roja llama leones a los hijos, un elogio inesperado, que sólo se puede entender desde la mentalidad, desde la dependencia moral que caracteriza a este personaje: «¡Son leones y de mucha nobleza!» (III, 5.ª).

Los perros desempeñan una función menos espectacular que en *Águila de Blasón,* pero efectiva. Hay un perro en escena, que lleva el Pobre de San Lázaro (I, 6.ª), y se oyen los ladridos de los perros en el huerto de la casona de Viana (I, 2.ª). Todo esto responde a un propósito meramente ambientador. En cambio, algunas imágenes caninas que brotan en los diálogos, aquí y allá, aisladas unas de otras, sugieren analogías y correspondencias muy notables. Con un sentido negativo, utiliza la comparación Don Manuelito para increpar a los jóvenes Montenegro: «Sois como los perros, que no pueden entrar en la casa de Dios» (I, 4.ª). De manera opuesta, a ese Don Juan Manuel justiciero que vuelve a la casona para corregir los desmanes de los hijos, Don Galán lo ve como un mastín, añadiendo: «¡Veredes qué dientes les muestra a los lobos!»

---

ma. «Cordera», llama dos veces la Roja a Sabelita (III, 1.ª). Y la Rebola, en el planto por Doña María, dice de ésta: «¡Paloma sin hiel! ¡Paloma de la Candelaria!» (II, 3.ª).

(III, 5.ª). Por otra parte, la lenta agonía final de Don Juan Manuel despierta algunos comentarios de este tipo: «morir solo, como un can», «ni que fuera un can», etc., que subrayan lo terrible de su situación. Ésta, en cierto momento, se expresa también con un paralelismo análogo: ante un Don Juan Manuel hambriento, Fuso Negro roe un mendrugo y dice: «¡Parezco un can!» (III, 4.ª). Son muchas las sugestiones que se desprenden de ese pasaje.

Hay más imágenes caninas —aunque de menor importancia— y las hay también —en una ocasión— de hienas y escorpiones. No olvidemos el caballo (I, 1.ª, y II, 2.ª) que ya hemos valorado en páginas anteriores. Y detengámonos aún frente a una presencia felina y frente a una imagen animalística de formidable expresividad.

La presencia felina se produce en la escena en que Doña Moncha y Benita la Costurera amortajan a Doña María. La acotación señala: «Un gato empuja la puerta y llega sigiloso hasta la cama de la muerta, donde comienza a maullar tristemente, con largos intervalos» (I, 5.ª). No encuentro en este gato ningún trasfondo simbólico, a diferencia de otros gatos valleinclanianos (por ejemplo, el de *La Cabeza del Bautista,* el de *La Rosa de Papel,* el de *Las Galas del Difunto...* o el tan excepcional del relato «Mi hermana Antonia», en *Jardín Umbrío).* Sin embargo, no cabe duda de que su modo de estar en la escena intensifica el carácter lúgubre, sombrío de ésta. En cuanto a la imagen animalística, se trata de aquella con la que el autor dibuja el coro de mendigos. Los ve, nos los hace ver, como «racimo de gusanos que se arrastra por el polvo de los caminos» (I, 6.ª). La metáfora dice de una sola vez todo el patetismo de estas vidas mendicantes.

Para terminar, citemos los gallos y los muerciélagos de la escena mágica de las brujas (I, 1.ª). Los gallos son tres:

blanco, pinto y negro. Con el canto del tercero, las brujas huyen... «convertidas en murciélagos», que es uno de los animales satánicos y brujeriles por excelencia [9].

b) Otras imágenes

La imaginería de ROMANCE DE LOBOS, como la de *Cara de Plata* y *Águila de Blasón,* abarca diferentes áreas, y a la serie de imágenes animales, ya expuesta, debemos agregar las series de imágenes vegetales, elementales y cósmicas, de las que allegaremos unos pocos ejemplos representativos.

Con respecto al mundo vegetal, destaquemos algunos términos del planto de los mendigos, de Andreíña y de la Rabola. Doña María es «fruto de buen árbol» y «árbol que a todos (daba su) sombra»; es también «peral de ricas peras», y «rosa de Jericó», y «rosa sin espinas» (II, 3.ª). Asimismo, comprobamos que lo frutal puede servir también para ofrecernos el retrato de un personaje. Por ejemplo, de Micaela la Roja nos dice la acotación que es «muy vieja, toda arrugada, con ese color oscuro clásico que tienen las nueces de los nogales centenarios» (III, 1.ª). Y para concluir, apuntemos el juego de palabras que, sobre el carozo de maíz, hacen Don Galán, el Rapaz de las Vacas y los demás criados, con buen humor y con una obvia intención lasciva, fálica (III, 2.ª).

La trascendencia de las imágenes acuáticas en ROMANCE DE LOBOS ha quedado más que patente al examinar el espacio escénico, con el mar, la tormenta y el río de las dos orillas simbólicas. No hemos de insistir en lo mismo.

---

[9] Sobre las consecuencias de ese canto del gallo, y la disposición de los colores, Speratti-Piñero (1974) establece una interesante comparación con los *fairies* de Irlanda y Escocia y con el folclor griego (págs. 53-54).

Fijémonos ahora en la tierra y en el fuego. La tierra, con su tradicional carga mítica de Madre-Tierra, de Madre Primordial, que es común a las religiones arcaicas —y que reaparece incluso en una religión joven como el cristianismo, con la esplendente Virgen María—, es imagen que, en la obra que nos ocupa, se afirma en un par de ocasiones. Sin embargo, antes de indicarlas, conviene que subrayemos ese halo maternal tan definitorio de Doña María. Al margen de los hijos y de la ahijada (Sabelita), son muchos los personajes que reconocen en ella, de manera explícita, una maternidad simbólica. El Capellán habla así a los hijos: «Voy a decir la primera misa por el descanso de vuestra madre, mi protectora, mi madre» (I, 4.ª). El coro de mendigos lo reitera: «¡Era nuestra madre!» (I, 6.ª; II, 3.ª). Don Juan Manuel confiesa: «Era mi madre también» (I, 6.ª); y en otro momento, dirigiéndose a Sabelita: «¡... para ella todos éramos sus hijos!» (III, 3.ª). Estas varias declaraciones serán revalidadas dos veces con la imagen de la tierra. Dice Don Juan Manuel a Fuso Negro: «¡Todos somos hermanos por parte de la tierra que es nuestra madre!» (III, 4.ª). Y en el planto de los mendigos, a Doña María se la llama «¡Tierra de carabeles!» (II, 3.ª).

Otra imagen elemental que exige nuestra atención es la del fuego. Los estudios de Murguía, de Vicente Risco, de A. Fraguas y otros escritores y antropólogos, han demostrado suficientemente el carácter sagrado y la importancia que tiene el fuego en el folclor de Galicia, como también sus raíces celtas [10]. En ROMANCE DE LOBOS, el dramaturgo se vale de su imagen recordándonos, en primer lugar, su sacralidad. Dice el Pobre de San Lázaro:

---

[10] Cfr. Jesús Taboada, *Ceremoniales ígnicos y folklore del fuego en Galicia,* Zaragoza, 1974.

En donde está el fuego, está Dios Nuestro Señor. El fuego es más que el pan y que el agua y que la sal. Todo en el mundo, para ser, requiere una chispa de lumbre (II, 3.ª).

Adviértase que la intervención del Pobre de San Lázaro se produce en la cocina de la casona, delante del hogar, y que, a lo largo de la escena, las acotaciones se recrean en las numerosas descripciones del fuego. Traeré dos ejemplos muy expresivos. Primero: Don Juan Manuel tiene los ojos fijos en «la hoguera de sarmientos que levanta sus lenguas de oro hacia el fondo negro y brujo de la chimenea, donde resuenan las risas del viento». Segundo: La Rebola «echa en el fuego un haz de sarmientos que ahúman y chascan bajo las lenguas de la llama, y una gran hoguera irrumpe de pronto». No sé si es deliberado —o tan sólo una casualidad sugerente... pero, si es esto último, no nos debe interesar menos— el que esa acción de avivar el fuego quede enmarcada entre dos frases que invocan a la divinidad. El Pobre de San Lázaro, anunciando el destino de Don Juan Manuel, ha dicho que éste será «para Dios Nuestro Señor». Y Benita la Costurera, que entra en escena, saluda con el consabido «¡Alabado sea Dios!», al que todos responden: «¡Por siempre bendito y alabado!» (II, 3.ª).

Todo esto es preparación de la gran escena final. En ella, el fuego adquiere el esplendor y el prestigio que es inherente a algunos ritos religiosos. «En el hogar arde una gran fogata y las lenguas de la llama ponen reflejos de sangre en los rostros», leemos en la primera acotación (III, escena última). Delante de ese fuego se hallan Don Juan Manuel, el coro de los mendigos y criados, y cuatro de los hijos: Don Mauro, Don Rosendo, Don Farruquiño, Don Gonzalito... Don Mauro golpea a los mendigos, y entonces Don Juan Manuel «interpone su figura resplandeciente de nobleza» y abofetea al hijo. La acotación, antes de informarnos de la reacción brutal de Don Mauro, señala que «las llamas del hogar ponen su reflejo sangriento».

La acción posterior —la lucha entre el Pobre de San Lázaro y Don Mauro— va a tener en el fuego una correspondencia mayor todavía. Cuando Don Mauro derriba a Don Juan Manuel, surge del coro el Pobre de San Lázaro y se enfrenta al segundón, enzarzándose ambos en feroz combate, hasta que «abrazados caen entre las llamas del hogar». Y «transfigurado, envuelto en ellas, hermoso como un haz de fuego, se levanta el Pobre de San Lázaro». Reparemos bien en estos adjetivos: *transfigurado, hermoso*... Se trata de un nacimiento, el nacimiento del Ave Fénix: la vida que resurge de las cenizas del sacrificio. El planto por Don Juan Manuel que, a continuación, entona el coro —«¡Era nuestro padre!»— realza aún más esta idea.

Si se me permite decirlo así, agregaré que ese fuego ilumina también el sentido moral y psicológico de este desenlace, de esta *anagnórisis* de Don Juan Manuel: el descubrimiento del otro (como siempre en la tragedia: de uno mismo en los otros, y de los otros en uno mismo) y la ofrenda al otro, ofrenda de la propia vida, manifestada ritual y simbólicamente por el fuego sagrado, purificador y regenerador. Darse a otro es transformarse en otro (hacerse otro y hacer al otro uno mismo): Don Juan Manuel, ahora, se ha transformado, «transfigurado», en el Pobre de San Lázaro, igual que el Fénix padre se transforma o transfigura en el Fénix hijo a través de la pira sagrada.

Como es lógico, la utilización de estas imágenes ígneas nos remite —aunque vagamente— a un culto solar (el mito del Fénix está relacionado en Egipto con ese culto)[11].

---

[11] En algunas versiones, el Fénix-hijo transporta el cadáver del padre en un tronco de mirra hueco, hasta Heliópolis, en Egipto, depositándo-

Pero la imagen del sol, de un modo explícito, no juega un papel descollante en el texto. Por eso, al pasar a la serie de imágenes cósmicas, sólo vamos a consignar unas pocas referencias a la luna. En primer término, su presencia —fundamental, inevitable— en la escena de la Santa Compaña y del coro de brujas. En la primera acotación, leemos que «la luna naciente brilla entre los cipreses», y en la que cierra la escena que «la luna ha transmontado los cipreses del cementerio y los nimba de oro» (I, 1.ª). Por otra parte, ya en el tercer acto, la luna se alza sobre la playa y el mar, suscitando una frase y una descripción enigmáticas. La frase es una escueta contestación de Fuso Negro, cuando Don Juan Manuel les pregunta a él y a otros dos mendigos:

> EL CABALLERO.—¿Qué trasgo o bruja os ha convocado aquí?
> FUSO NEGRO.—La luna...

La descripción, en la acotación con que finaliza la escena, nos presenta a Don Juan Manuel así: «La luna parece agigantar la figura del viejo hidalgo y poner un nimbo en su cabeza blanca y desnuda» (III, 3.ª).

CONSIDERACIONES FINALES

Dos aspectos esenciales hemos de plantearnos todavía, antes de concluir nuestra aproximación crítica a ROMANCE DE LOBOS. Primero: el trasfondo cristológico. Segundo: el diseño y movimiento de los coros. Veamos.

En las *Comedias Bárbaras,* resulta evidente un sincre-

---

lo en el altar del Sol. Herodoto y Ovidio, entre otros muchos escritores de la Antigüedad, se han explayado sobre este interesante mito.

tismo de componentes cristianos y paganos. Imágenes como el cordero, el vino, etc., enlazan con una noción panteísta del universo, pero también, obviamente, con el culto católico. Algunos objetos cultuales, además, alcanzan un particular relieve; por ejemplo, el copón (en *Cara de Plata,* III, escena última, y en ROMANCE DE LOBOS, II, 1.ª). De una manera u otra, este asunto ha estado presente en los dos prólogos anteriores, e incluso en páginas precedentes de este mismo. Pero ahora que hemos llegado a profundizar en el desenlace de la obra, es necesario, para que definitivamente veamos éste —desde un plano simbólico— como un sacrificio religioso, que tomemos en especial consideración el trasfondo cristológico que hay en ese desenlace y en la figura de Don Juan Manuel [12].

Aparte el bordón y el bastón que, con el significado de *cruz,* intercambian el Pobre de San Lázaro y Don Juan Manuel —pasaje que ya analizamos—, el texto nos sorprende con nuevas actualizaciones de la imaginería cristiana. Por ejemplo, cuando el casi moribundo Don Juan Manuel regresa a la casona para hacer rectificar a los hijos, éstos, tachándole de borracho, «le rodean con bárbaro y cruel vocerío, y le cubren de lodo con sus mofas» (III, escena final). Con razón, Umpierre percibe aquí una «nueva alusión a la iconografía cristiana (el Expolio)», y con ella «la *Pasión* del protagonista», que ya parecía anunciarse al comienzo de *Águila de Blasón,* cuando, viéndole apresado por los ladrones, Micaela la Roja exclamaba: «¡Tráenle atado como a Nuestro Señor Jesucristo!» (I, 3.ª) [13].

---

[12] Gustavo Umpierre (1972 y 1973) ha sido el crítico que de una forma más pormenorizada ha estudiado este aspecto, dentro de su interpretación de las *Comedias Bárbaras* como una síntesis de Nietzsche y del cristianismo: como un «vitalismo cristiano».

[13] Umpierre (1972), pág. 484.

Añádase aún la bella descripción de Don Juan Manuel en el instante en que va a abofetear a Don Mauro: «Los ojos llenos de furias y demencias, y en el rostro la altivez de un rey y la palidez de un Cristo» (III, escena final). Todo lo cual, sin necesidad de acudir a más citas, prueba suficientemente ese trasfondo cristológico. Sí: la muerte de Don Juan Manuel se presenta como una *Pasión,* como la culminación de un *Via Crucis* que se inicia con las primeras escenas de ROMANCE DE LOBOS [14].

Vengamos a los coros. Uno de los mayores aciertos del teatro mágico valleinclaniano *(Comedias Bárbaras, El Embrujado. Divinas Palabras...)* es su original recreación del coro de la antigua tragedia. Y de todos los coros de ese ciclo mágico, no cabe duda de que los más excepcionales son dos de los tres que contiene ROMANCE DE LOBOS.

Empecemos por señalar los tres coros. Primero: el de la Santa Compaña, que se convierte luego en un coro de brujas (I, 1.ª). Segundo: el de los criados (III, 2.ª). Tercero: el coro de mendigos (I, 6.ª; II, 3.ª, donde se mezcla con los criados, y III, escena final). (Los excepcionales, el primero y el tercero.) Como inmediata observación de conjunto, destaquemos una característica que es común a los tres: hay en su dibujo una voluntaria imprecisión de líneas, una cierta irrealidad, que contribuye a dar una nota de misterio. En efecto, de la Santa Compaña se nos dice que «la blanca procesión pasa como una niebla sobre los maizales» (I, 1.ª); del coro de mendigos que «tienen la vaguedad de un sueño aquellas figuras entrevistas a la luz de un relámpago» (I, 6.ª); e incluso del coro de criados que «aparecen graves, con algo de sombras en la vaste-

---

[14] Valle-Inclán repetirá el esquema en *Luces de bohemia;* bien entendido que con la misma intención seria, mágica... De ningún modo, paródica.

dad de aquella sala oscura» y que «no se distinguen los rostros, son los ademanes de una rara lentitud, y las figuras parecen vestir túnicas de nieblas» (III, 2.ª).

Además de este rasgo, otros muchos coadyuvan a la impresión misteriosa que suscita —que *tiene que suscitar*— la Santa Compaña. Las acotaciones se extienden en imágenes sonoras y visuales. Oímos «gemidos de agonía» y «herrumbroso son de cadenas»; vemos «las luces» y los «blancos fantasmas», e incluso sentimos —a través de Don Juan Manuel— un «aire frío», un «aliento de sepultura»... Estas almas en pena cumplen con el tradicional motivo folclórico de pasar un cirio encendido —que en realidad es un hueso de muerto— a manos del asombrado caminante, a la vez que le instan a que se vaya con ellas. Según la acotación, «salmodian en latín». Afortunadamente, lo hacen en el hermosísimo castellano de Valle-Inclán: al principio, con sucesivas intervenciones de una sola frase que se cierra, rítmicamente, repitiendo el vocativo «pecador»; después («muchas voces») con una larga intervención, cuya musicalidad se obtiene mediante reiteraciones y buscadas cacofonías (por ejemplo: «¡La madre bisoja, bisoja corneja, que se espioja con los dientes de una vieja!»). Esta intervención, desde su propia estructura musical, sugiere un baile escénico en forma de círculo o rueda, con los danzantes cogidos de la mano y dando vueltas en torno.

La procesión o cortejo de fantasmas —con los que se ha integrado Don Juan Manuel, sintiéndose «llevado por los aires»—, se detiene ante la orilla de un río, para desaparecer en seguida y ser reemplazado por el coro de brujas, con la compleja alegoría del puente que levantan entre ambas orillas; alegoría cuyo sentido ya hemos descifrado páginas atrás. Aunque, en rigor, estamos ante dos coros distintos, esa inmediata transición de los espectros de la

Santa Compaña a las brujas parece sustentarse en una generalizada creencia popular: «en varias comarcas de Galicia el pueblo identifica las apariciones de la Hueste o Compaña con la dieta de las brujas»[15]. Estas brujas de Valle-Inclán tienen también algo de goyesco.

El coro de criados aparece desgranando mazorcas y comentando la actitud de Don Juan Manuel —cuyos pasos, en la habitación de arriba, se oyen en un constante ir y venir—. Advertida la plasticidad escénica de este coro, con su impronta algo extraña, inquietante, escuchemos ahora sus palabras: es la suya una conversación despersonalizada, monótona, que más bien suena como una salmodia o letanía. Hágase la prueba de leerla de este modo: «¡Y así días y noche! / ¡No descansa! / ¡Ya tendrá su descanso, y qué luengo será! / ¡Para siempre! / ¡No escucha ninguna voz!», etc. (III, 2.ª).

En cuanto al impresionante coro de mendigos, además de su aparición ciertamente espectral en I, 6.ª, retengamos otros momentos en que el autor nos brinda descripciones en verdad fascinantes. Así, por ejemplo, este inspirado apunte:

> Los mendigos se agrupan en torno del fuego, y con los brazos apretados sobre sus harapos, se estremecen con ese estremecimiento feliz de los vagabundos que saben gozar del albergue y del fuego (II, 3.ª).

Entre estos mendigos, el texto —a través de acotaciones o diálogos— individualiza a algunos personajes; sobre todo, al Pobre de San Lázaro. Pero tal vez lo más singular de las descripciones radica en la consideración del grupo como de un único cuerpo. Por ejemplo: «La hues-

---

[15] Cfr. Speratti-Piñero (1974), pág. 51.

te de mendigos se conmueve en un largo murmullo semejante al murmullo del rezo con que piden limosna por las puertas» (I, 6.ª). O bien, su comportamiento ante la agresión de Don Mauro:

> La hueste se arrecauda en una queja humilde: Pegada a los quicios inicia la retirada, se dispersa en un murmullo de cobardes oraciones (III, escena final).

Nótese que el autor emplea la palabra *hueste,* indistintamente, para referirse a los fantasmas de la Santa Compaña y al coro de mendigos. Éstos, con sus plantos y letanías, acompañan con frecuencia a Don Juan Manuel en su *Via Crucis,* a partir de la escena 6.ª del acto I, y asumen las prerrogativas de un coro de tragedia: debaten el cómo y el porqué de las desdichas del protagonista, aconsejan a éste, le confortan, y entreabren con sus oraciones las puertas del misterio [16].

Junto al trasfondo cristológico y los coros, conviene situar un componente muy relevante en ROMANCE DE LOBOS, y en el conjunto de la trilogía: la actualización del mito del Demonio. Ya vimos de qué forma tan sutil aparecía en *Cara de Plata,* con el equívoco personaje de Fuso Negro. En ROMANCE DE LOBOS, al margen de otras connotaciones satánicas (que se transparentan aquí, lo mismo que en *Águila de Blasón,* a través de la crueldad de determinados personajes), el tema se presenta con extensión y

---

[16] Hay otro coro de mendigos extraordinario en una ficción —no dramática, sino cinematográfica— española: en *Viridiana,* de Luis Buñuel. Estos mendigos comparten con los de Valle-Inclán un perfil grotesco, pero lo mágico está menos presente en ellos, aunque resulta reconocible en alguna secuencia. Sea como sea, no hay duda de que *Viridiana* es una continuación —en el cine, desde el cine— de la línea de teatro mágico de Valle-Inclán y García Lorca.

profundidad en una de las últimas escenas: la que comparten Don Juan Manuel y Fuso Negro en la cueva. Dicha escena nos muestra a un Fuso Negro que, como el Mesfistófeles de *Fausto,* se ha convertido al final en una parte de la conciencia del protagonista, casi en una duplicación de su voz. Y uno y otro, Don Juan Manuel y Fuso Negro, evocan allí la lucha del Ángel y el Demonio («El Ángel cava, el Demonio cava...»), como también las metamorfosis del Demonio en íncubo y súcubo, explicación alegórica de la descendencia de Doña María y Don Juan Manuel. Al conjuro del simbolismo del texto, el Mal y el Bien encuentran en esta meditación, de pronto, una luminosidad y una belleza míticas, sorprendentes.

En conclusión, nuestra *segunda lectura* de ROMANCE DE LOBOS —y de la trilogía misma— nos permite asimilar la forma dramática de la obra a una ceremonia ritual que culmina en una inmolación o sacrificio. Como otros dramaturgos simbolistas (Maeterlinck, Synge, D'Annunzio...), Valle-Inclán identifica así rito y teatro, impregnado éste de una honda sacralidad. Una sacralidad que no responde a propósitos religiosos, es claro, sino poéticos; y que permite al autor volver a formular, mediante ese nuevo y peculiar lenguaje, las grandes preguntas acerca del destino humano: esas preguntas que quizá no tengan respuesta y que, por tanto, son las que más urge plantear.

RICARDO DOMÉNECH.

Madrid, noviembre de 1993.

BIBLIOGRAFÍA

ALBERICH, J.: «*Cara de Plata*, fuera de serie», *Bulletin of Hispanic Studies,* XLV, 1968, págs. 299-308.

AMOR Y VÁZQUEZ, J.: «Los galaicismos en la estética valleinclaniana», *Revista Hispánica Moderna,* XXIV, núm. 1, enero de 1958, págs. 1-26.

BENÍTEZ CLAROS, R.: «Metricismos en las *Comedias Bárbaras*», *Revista de Literatura,* III, 1953, págs. 247-291.

BOREL, JEAN-PAUL: «Valle-Inclán o la pasión de lo imposible», en *El teatro de lo imposible,* Madrid, Guadarrama, 1966, págs. 171-223.

CANOA, J.: *Semiología de las «Comerdias Bárbaras»,* Madrid, Cupsa Editorial, 1977, 251 págs.

CARDERO LÓPEZ, JOSÉ LUIS: «Galicia, Valle-Inclán e a morte (Apuntes etnográficos sobre as manifestacións da Morte en Galicia, a través das *Comedias Bárbaras)*», *Grial,* núm. 112, octubre-noviembre-diciembre de 1991, págs. 523-543.

DÍAZ-PLAJA, GUILLERMO: *Las estéticas de Valle-Inclán,* Madrid, Gredos, 1965, 298 págs.

DOMÉNECH, R.: «El espacio escénico en las *Comedias Bárbaras*», en *Serta Philologiga F. Lázaro Carreter,* vol. II, Madrid, Cátedra, 1983, págs. 157-170.

DOMÉNECH, R.: «Valle-Inclán y García Loza: una perspectiva del teatro español», en VV. AA., *El teatro en España entre la tradición y la vanguardia,* Madrid, CSIC y Fundación García Lorca, 1992, págs. 333-343.

DOMÉNECH, R., ed.: *Ramón del Valle-Inclán,* Madrid, Taurus, 1988, 451 págs. (Col. El Escritor y la Crítica).

GABRIELE, J. P., ed.: *Suma valleinclaniana,* Barcelona, Anthropos, 1992, 729 págs.

GARCÍA PELAYO, M.: «Sobre el mundo social en la literatura de Valle-Inclán», *Revista de Occidente,* IV, números 44-45, noviembre-diciembre de 1966, págs. 257-287.

GÓMEZ MARÍN, J. A.: *La idea de sociedad en Valle-Inclán,* Madrid, Taurus, 1967, 138 págs.

GONZÁLEZ LÓPEZ, E.: *El arte dramático de Valle-Inclán,* Nueva York, Las Américas, 1967, 279 págs.

GREENFIELD, S. M.: «*Cara de Plata:* The Esperpentic Version of the *Comedias Bárbaras*», en A. N. ZAHAREAS, ed., *Ramón del Valle-Inclán. An Appraisal of His Life and Works,* Nueva York, Las Américas, 1968, págs. 584-597.

GREENFIELD, S. M.: *Valle-Inclán: Anatomía de un teatro problemático,* Madrid, Fundamentos, 1972, 300 págs.

GUERRERO, O.: «Sobre las *Comedias Bárbaras,* de don Ramón del Valle-Inclán», *Cuadernos Hispanoamericanos,* LXVII, núms. 199-200, julio-agosto de 1966, págs. 467-481.

IGLESIAS FEIJOO, L.: «El estreno de *Águila de Blasón,* de Valle-Inclán, en 1907», en *Homenaxe ó profesor Constantino García,* Santiago, Universidad, 1991, páginas 459-471.

JIMÉNEZ, JUAN RAMÓN: «Valle-Inclán visto por Juan Ramón Jiménez. Castillo de quema», *Ínsula,* números 263-237, 1966, págs. 11-12.

profundidad en una de las últimas escenas: la que comparten Don Juan Manuel y Fuso Negro en la cueva. Dicha escena nos muestra a un Fuso Negro que, como el Mesfistófeles de *Fausto,* se ha convertido al final en una parte de la conciencia del protagonista, casi en una duplicación de su voz. Y uno y otro, Don Juan Manuel y Fuso Negro, evocan allí la lucha del Ángel y el Demonio («El Ángel cava, el Demonio cava...»), como también las metamorfosis del Demonio en íncubo y súcubo, explicación alegórica de la descendencia de Doña María y Don Juan Manuel. Al conjuro del simbolismo del texto, el Mal y el Bien encuentran en esta meditación, de pronto, una luminosidad y una belleza míticas, sorprendentes.

En conclusión, nuestra *segunda lectura* de ROMANCE DE LOBOS —y de la trilogía misma— nos permite asimilar la forma dramática de la obra a una ceremonia ritual que culmina en una inmolación o sacrificio. Como otros dramaturgos simbolistas (Maeterlinck, Synge, D'Annunzio...), Valle-Inclán identifica así rito y teatro, impregnado éste de una honda sacralidad. Una sacralidad que no responde a propósitos religiosos, es claro, sino poéticos; y que permite al autor volver a formular, mediante ese nuevo y peculiar lenguaje, las grandes preguntas acerca del destino humano: esas preguntas que quizá no tengan respuesta y que, por tanto, son las que más urge plantear.

RICARDO DOMÉNECH.

Madrid, noviembre de 1993.

BIBLIOGRAFÍA

ALBERICH, J.: «*Cara de Plata,* fuera de serie», *Bulletin of Hispanic Studies,* XLV, 1968, págs. 299-308.

AMOR Y VÁZQUEZ, J.: «Los galaicismos en la estética valleinclaniana», *Revista Hispánica Moderna,* XXIV, núm. 1, enero de 1958, págs. 1-26.

BENÍTEZ CLAROS, R.: «Metricismos en las *Comedias Bárbaras*», *Revista de Literatura,* III, 1953, págs. 247-291.

BOREL, JEAN-PAUL: «Valle-Inclán o la pasión de lo imposible», en *El teatro de lo imposible,* Madrid, Guadarrama, 1966, págs. 171-223.

CANOA, J.: *Semiología de las «Comerdias Bárbaras»,* Madrid, Cupsa Editorial, 1977, 251 págs.

CARDERO LÓPEZ, JOSÉ LUIS: «Galicia, Valle-Inclán e a morte (Apuntes etnográficos sobre as manifestacións da Morte en Galicia, a través das *Comedias Bárbaras)*», *Grial,* núm. 112, octubre-noviembre-diciembre de 1991, págs. 523-543.

DÍAZ-PLAJA, GUILLERMO: *Las estéticas de Valle-Inclán,* Madrid, Gredos, 1965, 298 págs.

DOMÉNECH, R.: «El espacio escénico en las *Comedias Bárbaras*», en *Serta Philologiga F. Lázaro Carreter,* vol. II, Madrid, Cátedra, 1983, págs. 157-170.

Bajan a la orilla del mar. Se oye el vuelo de las gaviotas, convocadas por el viento y la noche. Una sombra se acerca: Sus pasos fosforecen en la arena mojada. Los relámpagos tiemblan con brevedad quimérica sobre el mar montañoso, y se distingue la barca negra, cabeceando atracada al socaire de los roquedos.

EL CABALLERO.—¿Eres tú Abelardo?
EL PATRÓN.—Para servirle, Señor Don Juan Manuel.
EL CABALLERO.—A ti no te conozco... A tu padre le he conocido mucho... Me acuerdo de una apuesta que ganó: Era ir nadando hasta la Isla.
EL PATRÓN.—¡De poco le ha servido al pobre aquella destreza!
EL CABALLERO.—¿Murió ahogado?
EL PATRÓN.—Murió, sí, señor.
EL CABALLERO.—¿Cuándo embarcamos?
EL PATRÓN.—Cuando el tiempo lo permita.
EL CABALLERO.—¡Tú no morirás como tu padre! Tú tienes que pedir permiso al tiempo para hacerte a la mar. Cuando lleguemos estará fría aquella santa. ¡La muerte no tiene tu espera, hijo de Peregrino el Rau!

A la luz de los relámpagos se columbra al viejo linajudo erguido sobre las piedras, con la barba revuelta y tendida sobre un hombro. Su voz de dolor y desdén vuela deshecha en las ráfagas del viento. El hijo de Peregrino el Rau hace bocina con las manos.

EL PATRÓN.—Muchachos, vamos a largar.
UN MARINERO.—El viento es contrario y no llegaremos en toda la noche. Si no ocurre avería mayor.
OTRO MARINERO.—Más valía esperar.
OTRO MARINERO.—Al nacer el día acaso salte el viento.

DOMÉNECH, R.: «Valle-Inclán y García Loza: una perspectiva del teatro español», en VV. AA., *El teatro en España entre la tradición y la vanguardia,* Madrid, CSIC y Fundación García Lorca, 1992, págs. 333-343.

DOMÉNECH, R., ed.: *Ramón del Valle-Inclán,* Madrid, Taurus, 1988, 451 págs. (Col. El Escritor y la Crítica).

GABRIELE, J. P., ed.: *Suma valleinclaniana,* Barcelona, Anthropos, 1992, 729 págs.

GARCÍA PELAYO, M.: «Sobre el mundo social en la literatura de Valle-Inclán», *Revista de Occidente,* IV, números 44-45, noviembre-diciembre de 1966, págs. 257-287.

GÓMEZ MARÍN, J. A.: *La idea de sociedad en Valle-Inclán,* Madrid, Taurus, 1967, 138 págs.

GONZÁLEZ LÓPEZ, E.: *El arte dramático de Valle-Inclán,* Nueva York, Las Américas, 1967, 279 págs.

GREENFIELD, S. M.: «*Cara de Plata:* The Esperpentic Version of the *Comedias Bárbaras*», en A. N. ZAHAREAS, ed., *Ramón del Valle-Inclán. An Appraisal of His Life and Works,* Nueva York, Las Américas, 1968, págs. 584-597.

GREENFIELD, S. M.: *Valle-Inclán: Anatomía de un teatro problemático,* Madrid, Fundamentos, 1972, 300 págs.

GUERRERO, O.: «Sobre las *Comedias Bárbaras,* de don Ramón del Valle-Inclán», *Cuadernos Hispanoamericanos,* LXVII, núms. 199-200, julio-agosto de 1966, págs. 467-481.

IGLESIAS FEIJOO, L.: «El estreno de *Águila de Blasón,* de Valle-Inclán, en 1907», en *Homenaxe ó profesor Constantino García,* Santiago, Universidad, 1991, páginas 459-471.

JIMÉNEZ, JUAN RAMÓN: «Valle-Inclán visto por Juan Ramón Jiménez. Castillo de quema», *Ínsula,* números 263-237, 1966, págs. 11-12.

LAVAUD, JEAN-MARIE: *El teatro en prosa de Valle-Inclán (1899-1914),* Barcelona, Promociones y Publicaciones Universitarias, 1992, 668 págs.

LORENZANA, S.: «Galicia en la obra de Valle-Inclán», *Ínsula,* núms. 236-237, julio-agosto de 1966, pág. 17.

LLORENS, E.: *Valle-Inclán y la plástica,* Madrid, Ínsula, 1975, 268 págs.

MARAVALL, J. A.: «La imagen de la sociedad arcaica en Valle-Inclán», *Revista de Occidente,* IV, núms. 44-45, noviembre-diciembre de 1966, págs. 225-256.

MARTÍNEZ TORNER, E.: La expresión en *Romance de Lobos,* de Valle-Inclán», en *Ensayos sobre estilística literaria española,* Oxford, Dolphin, 1953, págs. 110-113.

MATILLA RIVAS, A.: *Las «Comedias Bárbaras»: historicismo y expresionismo dramático,* Salamanca, Anaya, 1972, 168 págs.

PORRÚA, M.ª DEL CARMEN: *La Galicia decimonónica en las «Comedias Bárbaras» de Valle-Inclán,* A Coruña, Ediciós do Castro, 1983, 288 págs.

POSSE, R.: «Notas sobre el folklore gallego en Valle-Inclán», *Cuadernos Hispanoamericanos,* LXVII, números 199-200, julio-agosto de 1966, págs. 493-520.

RAMOS-KUETHE, LOURDES: *Valle-Inclán: Las «Comedias Bárbaras»,* Madrid, Editorial Pliegos, 1985, 160 págs.

RISCO, A.: *El demiurgo y su mundo: Hacia un nuevo enfoque de la obra de Valle-Inclán,* Madrid, Gredos, 1977, 310 págs.

RODRÍGUEZ CASTELAO, A.: *Galicia y Valle-Inclán,* Lugo, Celta, 1971, 49 págs. (Conferencia leída en La Habana, en enero de 1939.)

RUBIA BARCIA, J.: *Mascarón de proa (Aportaciones al estudio de la vida y de la obra de don Ramón María del Valle-Inclán y Montenegro),* A Coruña, Ediciós do Castro, 1983, 370 págs.

Ruiz Fernández, C.: *El léxico del teatro de Valle-Inclán,* Salamanca, Universidad, 1981, 313 págs.

Salper de Tortella, R.: «Don Juan Manuel Montenegro: The Fall of a King», en A. N. Zahareas, ed., *Ramón del Valle-Inclán. An Appraisal of His Life and Works,* Nueva York, Las Américas, 1968, páginas 317-333.

Sánchez Barbudo, A.: «Valle-Inclán y su paisaje», *Romance,* I, núm. 2, febrero de 1940, pág. 9.

Schiavo, Leda: «La barbarie de las *Comedias Bárbaras*», en Ángel G. Loureiro, ed., *Estelas, Laberintos, Nuevas sendas: Unamuno, Valle-Inclán, García Lorca, la guerra civil,* Barcelona, Anthropos, 1988, páginas 191-203.

Seelman, R.: «Folkloric Elements in Valle-Inclán», *Hispanic Review,* III, 1935, págs. 103-118.

Segura Covarsi, Enrique: «*Cara de Plata*», *Revista de Literatura,* V, núms. 9-10, 1954, págs. 267-279.

Serrano, Javier: «La génesis de *Águila de Blasón*», *Boletín de la Fundación García Lorca,* núms. 7-8, diciembre de 1990.

Smither, William J.: *El mundo gallego de Valle-Inclán,* A Coruña, Ediciós do Castro, 1986, 208 págs.

Speratti-Piñero, E. S.: *El ocultismo en Valle-Inclán,* Tamesis Books, 1974, 202 págs.

Spitzmesser, A. M.: «Totem e Tabú: a sociedade galega nas *Comedias Bárbaras* de Valle-Inclán», *Grial,* núm. 112, octubre-noviembre-diciembre de 1991, páginas 544-553.

Tenreiro, R. M.: «Valle-Inclán y Galicia», *La Pluma,* VI, núm. 32, enero de 1923, págs. 35-39.

Umpierre, G.: «La moral heroica en las *Comedias Bárbaras*», en *Homenaje a Casalduero,* Madrid, Gredos, 1972, págs. 471-484.

UMPIERRE, G.: «Muerte y transfiguración de Don Juan Manuel Montenegro *(Romance de Lobos)*», *Bulletin of Hispanic Studies,* L, núm. 3, julio de 1973, páginas 270-277.

VEGA, C. DE LA: «Perfil gallego de Valle-Inclán», *Ínsula,* núms. 152-153, julio-agosto de 1959, pág. 4.

ESTA EDICIÓN

Siguiendo el criterio que hemos mantenido en la edición de *Cara de Plata* y de *Águila de Blasón,* el texto que ofrecemos de ROMANCE DE LOBOS es el que Valle-Inclán dio por definitivo: en *Opera Omnia,* vol. XV, Madrid, Imprenta Sáez Hermanos, 1922. Con anterioridad, aparecieron dos ediciones en libro: la de Gregorio Pueyo, Madrid, 1908, y la de Perlado, Páez y Cía., 1914 (ya en *Opera Omnia,* vol. XV). Las variantes son a menudo muy notables, y una edición crítica deberá tener en cuenta, cuidadosamente, todas ellas. Asimismo deberá considerar la primera edición periodística: en folletín de *El Mundo,* de 21 de octubre al 26 de diciembre de 1907; texto que Lavaud (1992) ha cotejado puntualmente con la primera edición en libro de 1908. Nuestro propósito aquí, de acuerdo con las normas de la Colección, no es de ese tipo, limitándonos a presentar el texto último de ROMANCE DE LOBOS..., con la intención de ofrecerlo limpio, terso, libre de algunas ultracorrecciones y erratas de ediciones anteriores.

Justamente por ese respeto escrupuloso a la escritura de Valle-Inclán, se ha mantenido su peculiar y algo heterodoxa manera de puntuar. Por ejemplo, los dos puntos —en vez de punto y seguido— para separar dos frases, empezando la segunda con mayúscula. Y sólo se ha corregido la grafía en algún caso muy aislado (por ejemplo, *Ribero* en vez de *Rivero)*, mateniéndose la forma ya inusual de alguna palabra (por ejemplo, *medioeval,* que la Academia acepta). El término *velludo* aparecía dos veces, una de ellas con *b;* se trataba, evidentemente, de una errata.

Hay un término cuya grafía nos ha planteado un serio problema. Tanto en la edición de 1922, como en las de la Colección Austral, se lee en una acotación a propósito del Ciego de Gondar: «la zampoña que lleva a la espalda le hace el bulto de una joroba, bajo la luenga capa» (II, 3.ª). El *Diccionario* de la Real Academia define *zampoña* como «instrumento rústico, a modo de flauta, o compuesto de muchas flautas». Y también: «Flautilla de la caña de alcacer.» Así pues, no parece que una *zampoña* pueda causar la impresión que la acotación propone. Y es que, en efecto, no se trata de una *zampoña,* sino de una *zanfoña, zanfona* o *zanfonía* —de las tres maneras puede decirse— que el citado *Diccionario* define de este modo: «Instrumento musical de cuerda, que se toca haciendo dar vueltas con un manubrio a un cilindro armado de púas.» En gallego no existe la voz *zanfonía,* pero sí *zanfona* y *zanfoña*, con el mismo sentido que en castellano.

En *El Embrujado,* una acotación nos dice que «El Ciego de Gondar, con la cabeza agachada sobre el hombro, templa la zanfoña» (jornada I). Y en *Divinas Palabras,* la Vieja alude al mismo personaje como «el ciego con la zanfona» (II, 1.ª). Creo que estas citas justifican el que, definitivamente, sustituyamos ese *zampoña* por *zanfona* o *zanfoña*. Pero hay más, y es quizá lo decisivo. En la primera edición de *Los cuernos de Don Friolera* en la revista *La Pluma,* se lee en el prólogo que el compadre Fidel «guiña el ojo cantando al son de la zampoña». Pero en la posterior edición en libro *(Opera Omnia,* 1925), y sin duda por corrección del propio autor, se lee *zanfoña* en esa misma frase. Corrección que nos hemos permitido hacer nosotros aquí, justificándola con las presentes líneas.

Como en *Cara de Plata* y en *Águila de Blasón,* se ha elaborado un Glosario, con aclaraciones léxicas —sobre todo, de los innumerables galleguismos— y otras muchas —históricas, folclóricas, etc.—, a fin de facilitar al lector una rápida y a la vez rigurosa comprensión de la obra. Como en anteriores ocasiones, no nos detenemos ante los galleguismos morfológicos y sintácticos, por considerar que no oscurecen la buena lección del texto. Con mucha frecuencia, hemos acudido al *Diccionario Normativo Galego-Castelán* (Vigo, Galaxia, 1988) *(Dicc. Norm. Gal.-Cast.)* y al *Diccionario* de la Real Academia Española *(DRAE)*. Igualmente, se ha pedido ayuda a los estudios de Amor y Vázquez (1958), Emma-Susana Speratti-Piñero (1974), Ciriaco Ruiz Fernández (1981) y William Smither (1986), entre otros.

R. D.

ROMANCE DE LOBOS

COMEDIA BÁRBARA

DRAMATIS PERSONAE

El Caballero Don Juan Manuel Montenegro.
Sus hijos: Don Pedrito, Don Rosendo, Don Mauro, Don Gonzalito y Don Farruquiño.
Sus criados: Don Galán, La Roja, El Zagal de las Vacas, Andreíña, La Rebola y La Recogida.
Don Manuelito, su Capellán.
Abelardo, Patrón de la Barca; Los Marineros y El Rapaz.
Doña Moncha y Benita la Costurera, familiares de la casa.
La hueste de mendigos, donde van El Pobre de San Lázaro, Dominga de Gómez, El Manco Leonés, El Manco de Gondar, El Tullido de Céltigos, Paula la Reina que da el pecho a un niño, Andreíña la Sorda, El Morcego con su coima y Adega la Inocente.
Artemisa la del Casal, bastarda del Caballero, con un hijo pequeño a quien llaman Floriano.
El Ciego de Gondar con su Lazarillo.
Fuso Negro, loco.
Una tropa de siete chalanes: Son Manuel Tovío, Manuel Fonseca, Pedro Abuín, Sebastián de Xogas y Ramiro de Bealo con sus dos hijos.
Doña Sabelita, que fue barragana del Caballero.
Una Viuda con sus cuatro huérfanos.
La Santa Compaña de las ánimas en pena.

JORNADA PRIMERA

ESCENA PRIMERA

Un camino. A lo lejos, el verde y oloroso cementerio de una aldea. Es de noche, y la luna naciente brilla entre los cipreses. DON JUAN MANUEL MONTENEGRO, *que vuelve borracho de la feria, cruza por el camino, jinete en un potro que se muestra inquieto y no acostumbrado a la silla. El hidalgo, que se tambalea de borrén a borrén, le gobierna sin cordura, y tan pronto le castiga con la espuela como le recoge las riendas. Cuando el caballo se encabrita, luce una gran destreza y reniega como un condenado.*

EL CABALLERO.—¡Maldecido animal!... ¡Tiene todos los demonios en el cuerpo!... ¡Un rayo me parta y me confunda!

UNA VOZ.—¡No maldigas, pecador!

OTRA VOZ.—¡Tu alma es negra como un tizón del Infierno, pecador!

OTRA VOZ.—¡Piensa en la hora de la muerte, pecador!

OTRA VOZ.—¡Siete diablos hierven aceite en una gran caldera para achicharrar tu cuerpo mortal, pecador!

EL CABALLERO.—¿Quién me habla? ¿Sois voces del otro mundo? ¿Sois almas en pena, o sois hijos de puta?

Retiembla un gran trueno en el aire, y el potro se encabrita, con amenaza de desarzonar al jinete. Entre los maizales brillan las luces de la Santa Compaña. EL CABALLERO *siente erizarse los cabellos en su frente, y disipados los vapores del mosto. Se oyen gemidos de agonía y herrumbroso son de cadenas que arrastran en la noche oscura, las ánimas en pena que vienen al mundo para cumplir penitencia. La blanca procesión pasa como una niebla sobre los maizales.*

UNA VOZ.—¡Sigue con nosotros, pecador!
OTRA VOZ.—¡Toma un cirio encendido, pecador!
OTRA VOZ.—¡Alumbra el camino del camposanto, pecador!

EL CABALLERO *siente el escalofrío de la muerte, viendo en su mano oscilar la llama de un cirio. La procesión de las ánimas le rodea, y un aire frío, aliento de sepultura, le arrastra en el giro de los blancos fantasmas que marchan al son de cadenas y salmodian en latín.*

UNA VOZ.—¡Reza con los muertos por los que van a morir! ¡Reza, pecador!
OTRA VOZ.—¡Sigue con las ánimas hasta que cante el gallo negro!
OTRA VOZ.—¡Eres nuestro hermano, y todos somos hijos de Satanás!
OTRA VOZ.—¡El pecado es sangre, y hace hermanos a los hombres como la sangre de los padres!
OTRA VOZ.—¡A todos nos dio la leche de sus tetas peludas la Madre Diablesa!
MUCHAS VOCES.—... ¡La madre coja, coja y bisoja, que rompe los pucheros! ¡La madre morueca, que hila en su rueca los cordones de los frailes putañeros, y la cuerda

del ajusticiado que nació de un bandullo embrujado! ¡La madre bisoja, bisoja corneja, que se espioja con los dientes de una vieja! ¡La madre tiñosa, tiñosa raposa, que se mea en la hoguera y guarda el cuerno del carnero en la faltriquera, y del cuerno hizo un alfiletero! ¡Madre bruja, que con la aguja que lleva en el cuerno, cose los virgos en el Infierno y los calzones de los maridos cabrones!

EL CABALLERO *siente que una ráfaga le arrebata de la silla, y ve desaparecer a su caballo en una carrera infernal. Mira temblar la luz del cirio sobre su puño cerrado, y advierte con espanto que sólo oprime un hueso de muerto. Cierra los ojos, y la tierra le falta bajo el pie y se siente llevado por los aires. Cuando de nuevo se atreve a mirar, la procesión se detiene a la orilla de un río donde las brujas departen sentadas en rueda. Por la otra orilla va un entierro. Canta un gallo.*

LAS BRUJAS.—¡Cantó el gallo blanco, pico al canto!

Los fantasmas han desaparecido en una niebla, las brujas comienzan a levantar un puente y parecen murciélagos revoloteando sobre el río, ancho como un mar. En la orilla opuesta está detenido el entierro. Canta otro gallo.

LAS BRUJAS.—¡Canta el gallo pinto, ande el pico!

Al través de una humareda espesa los arcos del puente comienzan a surgir en la noche. Las aguas, negras y siniestras, espuman bajo ellos con el hervor de las calderas del Infierno. Ya sólo falta colocar una piedra, y las brujas se apresuran, porque se acerca el día. Inmóvil, en la orilla opuesta, el entierro espera el puente para pasar. Canta otro gallo.

Las Brujas.—¡Canta el gallo negro, pico quedo!

El corro de las brujas deja caer en el fondo de la corriente, la piedra que todas en un remolino llevaban por el aire, y huyen convertidas en murciélagos. El entierro se vuelve hacia la aldea y desaparece en una niebla. El Caballero, *como si despertase de un sueño, se halla tendido en medio de la vereda. La luna ha transmontado los cipreses del cementerio y los nimba de oro. El caballo pace la yerba lozana y olorosa que crece en el rocío de la tapia.* El Caballero *vuelve a montar y emprende el camino de su casa.*

ESCENA SEGUNDA

Don Juan Manuel Montenegro, *llama con grandes voces ante el portón de su casa. Ladran los perros atados en el huerto, bajo la parra. Una ventana se abre en lo alto de la torre, sobre la cabeza del hidalgo, y asoma la figura grotesca de una vieja en camisa, con un candil en la mano.*

El Caballero.—Apaga esa luz...
La Roja.—Agora bajo a franquealle la puerta.
El Caballero.—Apaga esa luz...

El Caballero *se ha cubierto los ojos con la mano, y de esta suerte espera a que la vieja se retire de la ventana. El caballo piafa ante el portón, y* Don Juan Manuel *no descabalga hasta que siente rechinar el cerrojo. La vieja criada aparece con el candil.*

El Caballero.—¡Sopla esa luz, grandísima bruja!
La Roja.—¡Ave María! ¡Qué fieros! ¡Ni que le hubiera salido un lobo al camino!

El Caballero.—¡He visto La Hueste!
La Roja.—¡Brujas fuera! ¡Arreniégote, Demonio!

Sopla la vieja el candil y se santigua medrosa. Cierra el portón y corre a tientas por juntarse con su amo, que ya comienza a subir la escalera.

El Caballero.—Después de haber visto las luces de la muerte, no quiero ver otras luces, si debo ser de Ella...
La Roja.—Hace como cristiano.
El Caballero.—Y si he de vivir, quiero estar ciego hasta que nazca la luz del sol.
La Roja.—¡Amén!
El Caballero.—Mi corazón me anuncia algo, y no sé lo que me anuncia... Siento que un murciélago revolotea sobre mi cabeza, y el eco de mis pasos, en esta escalera oscura, me infunde miedo, Roja.
La Roja.—¡Arreniégote, Demonio! ¡Arreniégote, Demonio!

Al oír un largo relincho acompañado de golpes en el portón, Don Juan Manuel *se detiene en lo alto de la escalera.*

El Caballero.—¿Has oído, Roja?
La Roja.—Sí, mi amo.
El Caballero.—¿Qué rayos será?
La Roja.—No jure, mi amo.
El Caballero.—¡El Demonio me lleve!... ¡Se ha quedado la bestia fuera!
La Roja.—¡La bestia del trasgo!...
El Caballero.—¡La bestia que yo montaba! Despierta a Don Galán para que la meta en la cuadra.
La Roja.—Denantes llamándole estuve porque baja-

re a abrir, y no hubo modo de despertarlo. ¡Con perdón de mi amo, hasta le di con el zueco!

EL CABALLERO *se sienta en un sillón de la antesala, y la vieja se acurruca en el quicio de la puerta. Se oye de tiempo en tiempo el largo relincho y golpear del casco en el portón.*

EL CABALLERO.—Prueba otra vez a despertarle.
LA ROJA.—Tiene el sueño de una piedra.
EL CABALLERO.—Vuelve a darle con el zueco.
LA ROJA.—Ni que le dé en la croca.
EL CABALLERO.—Pues le arrimas el candil a las pajas del jergón.
LA ROJA.—¡Ave María!

Sale la vieja andando a tientas. Canta un gallo, y el hidalgo, hundido en su sillón de la antesala, espera con la mano sobre los ojos. De pronto se estremece. Ha creído oír un grito, uno de esos gritos de la noche, inarticulados y por demás medrosos. En actitud de incorporarse, escucha. El viento se retuerce en el hueco de las ventanas, la lluvia azota los cristales, las puertas cerradas tiemblan en sus goznes. ¡Toc-toc!... ¡Toc-toc!... Aquellas puertas de vieja tracería y floreado cerrojo sienten en la oscuridad manos invisibles que las empujan. ¡Toc-toc!... ¡Toc-toc!... De pronto pasa una ráfaga de silencio y la casa es como un sepulcro. Después, pisadas y rosmar de voces en el corredor: Llegan rifando la vieja criada y DON GALÁN.

LA ROJA.—Ya dejamos al caballo en su cuadra. ¡Qué noche, Madre Santísima!
DON GALÁN.—Truena y lostrega que pone miedo.
LA ROJA.—¡Y no poder encender un anaco de cirio bendito!...

Don Galán.—¿No lo tienes?
La Roja.—Sí que lo tengo, mas no puede ser encendido en esta noche tan fiera. Tengo dos medias velas que alumbraron en el velorio de mi curmana la Celana.
El Caballero.—¿Habéis oído?
La Roja.—¿Qué, mi amo?
El Caballero.—Una voz...
Don Galán.—Son las risadas del trasgo del viento...

Suenan en la puerta grandes aldabonazos que despiertan un eco en la oscuridad de la casona. El Caballero *se pone en pie.*

El Caballero.—Dame la escopeta, Don Galán. ¡Voy a dejar cojo al trasgo!
Don Galán.—Oiga su risada.
La Roja.—Lo verá que se hace humo o que se hace aire...

Abre la ventana Don Juan Manuel, *y el viento entra en la estancia con un aleteo tempestuoso que todo lo toca y lo estremece. Los relámpagos alumbran la plaza desierta, los cipreses que cabecean desesperados, y la figura de un marinero con sudeste y traje de aguas, que alza el aldabón de la puerta. La lluvia moja el rostro de* Don Juan Manuel Montenegro.

El Caballero.—¿Quién es?
El Marinero.—Un marinero de la barca de Abelardo.
El Caballero.—¿Ocurre algo?
El Marinero.—Una carta del señor capellán. Cayó muy enferma Dama María.
El Caballero.—¡Ha muerto!... ¡Ha muerto!... ¡Pobre Rusa!

Retírase de la ventana, que el viento bate locamente con un fracaso de cristales, y entenebrecido recorre la antesala de uno a otro testero. La vieja y el bufón, hablando quedo y suspirantes, bajan a franquear la puerta al MARINERO. *En la antesala el viento se retuerce ululante y soturno. Las vidrieras, tan pronto se cierran estrelladas sobre el alféizar, como se abren de golpe, trágicas y violentas.* EL MARINERO *llega acompañado de los criados y se detiene en la puerta, sin aventurarse a dar un paso por la estancia oscura.* DON JUAN MANUEL *le interroga, y de tiempo en tiempo un relámpago les alumbra y se ven las caras lívidas.*

EL CABALLERO.—¿Traes una carta?
EL MARINERO.—Sí, señor.
EL CABALLERO.—Ahora no puedo leerla... Dime tú qué desgracia es esa... ¿Ha muerto?
EL MARINERO.—No, señor.
EL CABALLERO.—¿Hace muchos días que está enferma?
EL MARINERO.—Lo de agora fue un repente... Mas dicen que todo este tiempo ya venía muy acabada.
EL CABALLERO.—¡Ha muerto! ¡Esta noche he visto su entierro, y lo que juzgué un río era el mar que nos separaba!

Calla entenebrecido. Nadie osa responder a sus palabras, y sólo se oye el murmullo apagado de un rezo. EL CABALLERO *distingue en la oscuridad una sombra arrodillada a su lado, y se estremece.*

EL CABALLERO.—¿Eres tú, Roja?
LA ROJA.—Yo soy, mi amo.
EL CABALLERO.—Dale a ese hombre algo con que se conforte, para poder salir inmediatamente. ¡Ay, muerte negra!

ESCENA TERCERA

Noche de tormenta en una playa. Algunas mujerucas apenadas, inmóviles sobre las rocas y cubiertas con negros manteos, esperan el retorno de las barcas pescadoras. El mar ululante y negro, al estrellarse en las restingas, moja aquellos pies descalzos y mendigos. Las gaviotas revolotean en la playa, y su incesante graznar y el lloro de algún niño, que la madre cobija bajo el manto, son voces de susto que agrandan la voz extraordinaria del viento y del mar. Entre las tinieblas brilla la luz de un farol. DON JUAN MANUEL y EL MARINERO *bajan hacia la playa.*

EL MARINERO.—¡Ya alcanza mi amo cómo no está la sazón para hacerse a la mar!

EL CABALLERO.—¿Dónde tenéis atracada la barca?

EL MARINERO.—A sotavento del Castelo.

EL CABALLERO.—Como habéis venido, podemos ir...

EL MARINERO.—Era día claro, y tampoco reinaba este viento, cuando largamos de Flavia-Longa. Aun así nos comía la mar. Vea cómo lostrega por la banda de Sudeste. ¡Hay mucha cerrazón!

EL CABALLERO.—¡Hay otra cosa!... ¡Miedo!

EL MARINERO.—El mar es muy diferente de la tierra, y de otro respeto, Señor Don Juan Manuel.

EL CABALLERO.—¡No sois marineros, sino mujeres!

EL MARINERO.—Somos marineros, y por eso miramos los peligros que apareja la travesía. Al mar, cuanto más se le conoce más se le teme. No le temen los que no le conocen.

EL CABALLERO.—Yo le conozco y no le temo.

EL MARINERO.—No le teme, porque usted no teme ninguna cosa, si no es a Dios.

El Caballero.—¿Cuántos marineros sois?

El Marinero.—Cinco y el rapaz, que no merece ser contado. Hemos venido con los cuatro rizos, y aínda hubimos de arriar la vela al pasar La Bensa.

El Caballero.—¡Qué noche fiera!

El Marinero.—No se ve ni una estrella.

El Caballero.—¡Ni hace falta! Si fueseis gente de mar, os gustaría este tiempo bravo.

El Marinero.—¡Es mucho tiempo!

El Caballero.—Siempre preferible a la calma.

Han llegado al atracadero donde se abriga la barca. Grandes peñascales coronados por las ruinas de un castillo. El Marinero *se adelanta, y con el farol explora el camino para bajar a la orilla. Es peligroso el paso de aquellas rocas cubiertas de limo, donde los pies resbalaban. En el abrigo se adivina la forma de la barca. Un farol cuelga del palo, y lo demás es una mancha oscura.* El Marinero *da una gran voz.*

El Marinero.—¡Abelardo!

El Caballero.—¿Es el patrón?

El Marinero.—Sí, señor.

El Caballero.—¿Abelardo, el hijo de Peregrino el Rau?

El Marinero.—Sí, señor.

El Caballero.—Su padre era un lobo para la mar.

El Marinero.—Pues el hijo le gana... ¡Abelardo!

Una voz en las tinieblas.—¿Quién va?

El Marinero.—Sube para darle una mano al Señor Don Juan Manuel... Yo mal puedo con el farol.

El Caballero.—¡No te muevas, Abelardo! Me basto solo.

El Caballero.—¿En qué año nacisteis? ¡Un rayo me parta si no habéis nacido en el año del miedo!
El Patrón.—¡A embarcar, rediós! Meter a bordo el rizón.

A la voz de El Patrón *los cuatro hombres que tripulan la barca, uno tras otro, van saltando a bordo con un rosmar de protesta.* El Patrón *manda aparejar la vela y se inclina sobre la borda de popa para armar la caña del timón. Después se santigua. La barca se columpia en la cresta espumosa de una ola. Comienza la travesía.*

ESCENA CUARTA

Sala desmantelada en una casa hidalga, a la entrada de Flavia-Longa. Llegan hasta allí, desde otra estancia, las voces de los criados, que rinden el planto a la señora, que acaba de morir. Los hijos han hecho campaña en la sala, y rifan al son que se reparten lo que afanaron al saquear la casa. Allí están Don Pedrito, Don Rosendo, Don Gonzalito, Don Mauro *y* Don Farruquiño. *Los cinco hermanos se parecen: Altos, cenceños, apuestos, con los ojos duros y el corvar de la nariz soberbio.* Don Farruquiño *se distingue de los otros en que lleva tonsura y alzacuello.*

Don Rosendo.—¡Creéis que en casa de mi madre se comía con cucharas de madera!
Don Farruquiño.—Eso parece.
Don Rosendo.—Yo no paso por ello. ¿Quién es el ladrón de la plata que siempre hubo aquí?
Don Farruquiño.—Ahora no la hay, y fuerza es conformarse.

Don Rosendo.—Pues la había.

Don Pedrito.—Sílbale, a ver si acude.

Don Farruquiño.—El capellán se la llevó machacada, cuando estuvo en la facción. Creo recordar eso.

Don Rosendo.—¡Mentira! Yo la he visto después, y comí con ella. ¡Y no hace mucho!

Don Mauro.—Yo también.

Don Gonzalito.—Toda la plata ha desaparecido hoy mismo, y el ladrón no es el capellán.

Don Rosendo.—¿Quién de vosotros llegó el primero?

Don Pedrito.—Yo llegué el primero. ¿Qué hay?

Don Rosendo.—Pues tú eres el ladrón.

Don Pedrito.—¡Y tú un hijo de puta!

Don Pedrito *y* Don Rosendo *se abalanzan y se agarran. Los otros hermanos se interponen con gran vocerío.* El Capellán *asoma en la puerta: Es un viejo seco, membrudo de cuerpo y velludo de manos, vestido con una sotana verdeante que se le enreda en los calcañares.*

El Capellán.—¡Aún está caliente el cuerpo de vuestra madre, y ya peleáis como Caínes! ¡Respetad el sueño de la muerte, sacrílegos! Esperad a que llegue vuestro padre, y él dará a cada uno lo que en herencia le corresponda. No seáis como los cuervos, que caen en bandada sobre los muertos para comérselos. ¡Cuervos! ¡Caínes!

Los cinco hermanos, revueltos en un tropel, siguen gritando en el centro de la estancia, y los brazos se levantan sobre las cabezas amenazadores y coléricos.

Don Farruquiño.—Don Manuelito, esto no se arregla con sermones.

El Capellán.—¡También has manchado en este saqueo tus manos que consagran a Dios! Esperad a que llegue vuestro padre y él dará a cada uno lo suyo. ¡Los lobos en el monte tienen más hermandad que vosotros! ¡Nacidos sois de un mismo vientre, y peleáis como fieras que por acaso se hallan en un camino!

Don Farruquiño.—¿Quién avisó a Don Juan Manuel?

El Capellán.—Yo le avisé. Esta tarde salió con una carta mía la barca de Abelardo.

Don Pedrito.—¡Esa es una conspiración!

Don Mauro.—¿Qué se pretende con avisar a mi padre?

Don Gonzalito.—Debió respetarse la voluntad de mi madre, que no le llamó cuando estaba moribunda.

El Capellán.—Porque vosotros lo habéis estorbado. Pero harto sabéis que su último suspiro fue para él. ¡Cuervos! ¡Lobos!

Don Pedrito.—¡Basta de insultos, que la paciencia se me acaba!

El Capellán.—¡Y tú el mayor cuervo! ¡Y tú el mayor lobo!

Don Farruquiño.—¡Qué valor da el vino!

Don Mauro.—¡Un rayo te parta, Don Manuelito!

El Capellán.—Guardad esos fieros para las mujeres y para los rapaces, que a mí no se me asusta con ellos. ¡Sacrílegos! Vendrá Don Juan Manuel y os arrojará de esta casa que estáis profanando con vuestras concupiscencias.

Don Pedrito.—¡Un rayo me parta! ¡Me da el corazón que hoy ceno lengua de clérigo!

Don Farruquiño.—¡Adobada en vino!

El Capellán.—¡Sacrílegos! ¡Seríais capaces de poner las manos sobre esta corona!

Don Farraquiño.—¡No lo consentiría yo!
El Capellán.—¡Tú eres el peor de todos!... Ya tendréis el castigo, si no en esta vida, en la otra... Os dejo, os dejo entregados a este latrocinio impío... ¿Oís esa campana? Llama por mí y llama también por vosotros... Voy a decir la primera misa por el descanso de vuestra madre, mi protectora, mi madre. Vosotros, Caínes, bien hacéis en no oírla. ¡Sería un escarnio! Sois como los perros, que no pueden entrar en la casa de Dios.

El Capellán sale, y el doble de la campana que resuena en la sala desmantelada, detiene por un momento aquel expolio a que se entregan desde el comienzo de la noche los cinco bigardos.

ESCENA QUINTA

La alcoba donde murió Doña María. *Es el amanecer, uno de esos amaneceres adustos e invernales en que aúlla el viento como un lobo y se arremolina la llovizna. En la alcoba, la luz del día naciente batalla con la luz de los cirios que arden a la cabecera de la muerta, y pasa por las paredes de la estancia como la sombra de un pájaro. La lluvia azota los cristales de la ventana y se ahíla en un lloro terco y frío, de una tristeza monótona, que parece exprimir toda la tristeza del invierno y de la vida. La ventana se abre sobre el mar, un vasto mar verdoso y temeroso. Es aquélla una de esas angostas ventanas de montante, labradas como confesionarios en lo hondo de un muro, y flanqueadas por poyos de piedra donde duerme el gato y suele la abuela hilar su copo. Dos mujeres velan el cadáver: La una, alta y seca, con los cabellos en mechones blancos y los ojos en llamas negras, es sobrina de la muerta y se llama* DOÑA MONCHA. *La otra, menuda, compungida y melosa, con gracia especial para cortar mortajas, es blanca, con una blancura rancia de viejo marfil, que destaca con cierta expresión devota sobre un hábito nazareno: Se llama* BENITA LA COSTURERA.

BENITA LA COSTURERA.—¿Quiere que amortajemos a la señora?
DOÑA MONCHA.—¿Terminaste el hábito?
BENITA LA COSTURERA.—Mírelo aquí... No le rematé los hilos de las costuras, porque, mi verdad, una mortaja tampoco requiere aquel cuidado que una falda para ir al baile. ¡Doña Monchiña de mi vida, mire qué guapa le va esta esterilla dorada!

DOÑA MONCHA *aprueba con un gesto.* BENITA LA COSTURERA *dobla la mortaja y espabila los cirios con las tijeras que lleva pendientes de la cintura, y se balancean al extremo de una cinta azul que llaman hospiciana.*

DOÑA MONCHA.—¡Pobre tía, parece que se ha dormido!
BENITA LA COSTURERA.—Quedóse como un pájaro... ¡Ni agonía tuvo!
DOÑA MONCHA.—Dios nos libre de tenerla igual... ¡Su agonía duró treinta años!
BENITA LA COSTURERA.—Me parece que aún la estoy viendo el día que se casó, con su mantilla de casco... Fue el mismo año y el mismo día que vino la reina... ¡Qué cosas tiene el mundo!... ¡Ayudé a coserle el vestido de novia, y ahora tócame hilvanarle la mortaja!
DOÑA MONCHA.—Dos veces le has cosido la mortaja... Todo lo que tú coses son mortajas...
BENITA LA COSTURERA.—¡Doña Moncha de mi alma, no diga eso! ¡Santísima Virgen de la Pastoriza, hay mucha

gente mala, y si la oyen y dan en repetirlo!... ¡Doña Moncha de mi vida, no me eche esa fama!

DOÑA MONCHA.—Yo no me pondría una hilacha que hubiesen cosido tus manos... ¡Tienen la sal!

BENITA LA COSTURERA.—¡Ay!... ¡No diga eso, Doña Monchiña!... Contésteme ahora: ¿Le parece que antes de vestirle el hábito lavemos y peinemos a la muerta?

DOÑA MONCHA.—A mí esa costumbre me parece un sacrilegio.

BENITA LA COSTURERA.—¿Por qué? ¿No va a comparecer en la presencia de Dios Nuestro Señor? Pues natural es que acuda a ella como a una fiesta, bien lavada y aromada. Nunca debimos haber dejado que el cuerpo se enfriase, Doña Monchiña. Ya verá cómo ahora cuesta más trabajo aviarle... Y conforme pase tiempo, más y más... Voy por agua templada, Doña Monchiña.

Sale la costurera con un andar leve, como si temiese que la muerta se despertase. DOÑA MONCHA *reza en voz baja todo el tiempo que permanece sola, y la estancia oscura se llena de misterio con aquel vago murmullo de rezo que se junta al chisporroteo con que los cirios se derraman sobre los candeleros de bronce. Un gato empuja la puerta y llega sigiloso hasta la cama de la muerta, donde comienza a maullar tristemente, con largos intervalos. Tras el gato entra* BENITA LA COSTURERA.

BENITA LA COSTURERA.—¡Doña Monchiña, ni agua caliente había! Tuve que encender unas pajas... Parece talmente que entraron aquí los facciosos. Como cinco lobos, los cinco hijos se están repartiendo cuanto hay en la casona, y los criados, a escondidas, también apañan lo que pueden. Dios me perdone el mal pensamiento, pero mismo parece que deseaban la muerte de la pobre santiña.

Doña Moncha.—Aún no había cerrado los ojos y estaban ya descerrajando roperos y alacenas. Cayeron aquí como cuervos que ventean la muerte.

Benita la Costurera.—¡Mire que es de judíos lo que hicieron con Doña Sabelita! ¡De la misma cabecera de la difunta la echaron a la calle arrastrándola por los cabellos! ¡Y con qué palabras, Madre de Dios! ¡Ni siquiera la dejaron abrir el arca de su ropa para ponerse una pañoleta de luto! ¡Como no se halló nada en la casona, sospechaban que la ahijada tuviese escondido dinero y alhajas!...

Doña Moncha.—No se halló nada, porque ellos ya se lo habían repartido todo antes de morir su madre.

Benita la Costurera.—¡Y sin venir el Señor Don Juan Manuel! Dicen que los hijos juraban contra el capellán, porque hubo de mandarle un aviso. ¿Verdad que parece mentira, Doña Monchiña?

Doña Moncha.—A mí, todo cuanto se diga de esos malvados me parece verdad.

Benita la Costurera.—¡Jesús, qué Caínes!

Benita la Costurera *moja una toalla en la jofaina que trajo llena de agua caliente y comienza a lavar el rostro de la muerta. Entre los labios azulencos, renace siempre una saliva ensangrentada bajo la toalla con que los refriegan aquellas manos irreverentes, picoteadas de la aguja, y la cabeza lívida rueda en el hoyo de la almohada.*

Benita la Costurera.—Ya empieza a hincharse... ¿Doña Moncha, no tiene un pañuelo que le atemos a la cara para sujetarle la barbeta, que mire cómo se le cae desencajada? ¡Jesús, si parece que nos hace una mueca!

Doña Moncha.—¡Pobre tía!

Benita la Costurera.—Luego que le hayamos vestido el hábito le pondremos un salero sobre la barriguiña.

Doña Moncha.—¿Para qué eso?

Benita la Costurera.—Siempre contiene esta hidropesía de la muerte. Mire cómo tiene las piernas, Doña Monchiña.

Doña Moncha.—No la laves más.

Benita la Costurera.—¡Si se ha ciscado toda! ¿Quiere que vaya así a la presencia de Dios? ¡Y qué cuerpo blanco! ¡Cuántas mozas quisieran este pecho de paloma!

Doña Moncha.—Déjala... Yo le vestiré el hábito.

Seria y brusca, coge la mortaja y se acerca apartando a Benita la Costurera. *Con un brazo quiere incorporar a la muerta, y aquellas manos frías, cruzadas sobre el pecho, se desenredan torpes y caen flojas a lo largo del cuerpo, en tanto que la cabeza ya rueda sobre los hombros, ya se hunde en el pecho.*

Benita la Costurera.—Yo le ayudaré, Doña Monchiña. Apártese.

Doña Moncha.—Corta la mortaja por detrás. Es lo mejor.

Benita la Costurera.—No será preciso... Déjeme a mí. Apártese.

Doña Moncha.—¡Acabemos, que ya no puedo más! ¡Córtala!

Benita la Costurera.—¡Y no es un dolor, Doña Monchiña!

Doña Moncha.—Córtala, te digo. ¿Dónde tienes las tijeras?

Benita la Costurera.—A su gusto. ¡Lástima de tiempo y de puntadas!

Benita la Costurera *obedece con un gesto compungido, y después, graves y silenciosas, las dos mujeres amortajan el cuerpo de* Doña María.

ESCENA SEXTA

Una playa de pinares: En aquella vastedad desierta, el viento y el mar juntan sus voces en un son oscuro y terrible. La barca, con el velamen roto, ha dado de través en los arrecifes de la orilla, y un marinero salta a reconocer la tierra. El Patrón *habla desde a bordo.*

El Patrón.—Este arenal paréceme que debe ser el arenal de Las Inas. Busca a ver si descubres el Con del Frade.
El Marinero.—Ni aun las manos alcanzo a verme. Los pinares se me figuran los Pinares del Rey.
El Caballero.—Entonces nos hallamos entre Campelos y Ricoy.
El Marinero.—Es una playa de arena gorda.
El Patrón.—Hasta que amanezca no señalaremos adónde arribamos.
El Marinero.—Con tal noche, era sabido. Suerte que no naufragamos.
El Caballero.—Suerte para nosotros, que no dirán lo mismo los delfines.

Se oye a lo lejos una campana, una de esas campanas de aldea, familiares como la voz de las abuelas. Tañe con el toque del nublado.

El Caballero.—Debemos hallarnos cerca de San Lorenzo de András. Conozco la campana.
El Patrón.—¡Pues no hicimos poca deriva! Hasta que amanezca no podemos navegar, y aun así veremos... Habrá que ir achicando agua toda la travesía.
El Caballero.—Os iréis solos, porque a mí se me acaba la paciencia y no espero.

El Patrón.—Pues no hay más vivo remedio, Señor Don Juan Manuel.

El Caballero.—Para vosotros, que yo me voy a pie desde aquí a Flavia-Longa.

El Patrón.—¿Con esta noche?

El Caballero.—¡Qué me importa la noche!

El Patrón.—Son tres leguas, cerca de cuatro.

El Caballero.—Tres horas de camino.

El Patrón.—Tres horas si fuera día claro, pero con tanta oscuridad...

El Caballero.—Yo veo de noche como los lobos, y con tal que la avenida no se haya llevado ninguna puente...

Salta a tierra El Caballero. *En las ráfagas del viento llega la voz de la campana, informe y deshecha por la distancia.* Don Juan Manuel *procura orientarse, y guiado por aquel son, se aleja hacia los pinares donde se queja el viento con un largo ulular.*

El Caballero.—Dios me ordena que me arrepienta de mis pecados... ¡Toda una vida! ¡Toda una vida!... ¡Qué lejos suena la campana, apenas se la distingue! He sido siempre un hereje. ¡El mejor amigo del Demonio!... Me habré equivocado y no será la campana de András. A estas horas habrá muerto aquella santa... En el cielo la pobre abogará por mí... ¡Por mí, que fui su verdugo!... Sin embargo, la quería y si vuelvo los ojos al pasado no encuentro en mi vida otro pecado que haber hecho una mártir de mi pobre mujer... Debí haberla ocultado que tenía otras mujeres. Pero yo no sé engañar, yo no sé mentir... ¡Cuántos pecados! ¡Mi alma está negra de ellos!... La religión es seca como una vieja... ¡Como las canillas de una vieja! Tiene cara de beata y cuerpo de galga... Como el hombre necesita muchas mujeres y le dan una sola, tiene que buscarlas fuera. Si a mí me hubieran dado diez mujeres, habría sido como un patriarca... Las habría querido a todas, y a los hijos de ellas y a los hijos de mis hijos... Sin eso, mi vida aparece como un gran pecado. Tengo hijos en todas estas aldeas, a quienes no he podido dar mi nombre... ¡Yo mismo no puedo contarlos!... Y los otros bandidos, temerosos de verse sin herencia por mi amor a los bastardos, han tratado de robarme, de matarme... Pero yo tengo siete vidas. ¡Todo lo pagó con sus lágrimas aquella santa!... ¿Dónde estaré? ¡Ya no se oye la campana!...

El fragor del viento entre los pinos apaga todos los demás ruidos de la noche: Es una marejada sorda y fiera, un son ronco y oscuro, de cuyo seno parecen salir los relámpagos. DON JUAN MANUEL, *de tiempo en tiempo, se detiene desorientado e intenta aprovechar aquel resplandor, que inesperado y convulso se abre en la negrura de la noche, para descubrir el camino. De pronto ve surgir unas canteras que semejan las ruinas de un castillo: El eco de los truenos rueda encantado entre ellas. Al acercarse oye ladrar un perro, y otro relámpago le descubre una hueste de mendigos que han buscado cobijo en tal paraje. Tienen la vaguedad de un sueño aquellas figuras entrevistas a la luz del relámpago: Patriarcas haraposos, mujeres escuálidas, mozos lisiados hablan en las tinieblas, y sus voces, contrahechas por el viento, son de una oscuridad embrujada y grotesca, saliendo de aquel roquedo que finge ruinas de quimera, donde hubiese por carcelero un alado dragón.*

UNA VOZ.—¿A quién ladras, Carmelo?
OTRA VOZ.—Alguien ronda.
OTRA VOZ.—Será un caminante extraviado.

OTRA VOZ.—Será algún can sin dueño.
EL CABALLERO.—¿Este pinar, es el Pinar del Rey?
UNA VOZ.—Así le dicen... Mas agora es de nosotros, los que aquí nos procuramos guarida en una noche tan fiera.
EL CABALLERO.—¿Habrá sitio para mí?
UNA VOZ.—¡Y holgado!
EL CABALLERO.—¿La campana que tocaba poco hace, era la de András?
UNA VOZ.—La campana choca de András.

EL CABALLERO *se guarece con aquellos mendigos que van en caravana a una romería. Racimo de gusanos que se arrastra por el polvo de los caminos y se desgrana en los mercados y feriales de las villas, salmodiando cuitas y padrenuestros. En todos los casales los conocen, y ellos conocen todas las puertas de caridad: Son siempre los mismos:* EL MANCO DE GONDAR; EL TULLIDO DE CÉLTIGOS; PAULA LA REINA, *que da de mamar a un niño;* ANDREÍÑA LA SORDA; DOMINGA DE GÓMEZ; EL MANCO LEONÉS; *el señor* CIDRÁN EL MORCEGO, *y* LA MUJER DEL MORCEGO. *Se oye muy lejos otra campana.*

EL CABALLERO.—Parece la Monja de Belvis.
EL MORCEGO.—¡Cómo la ha conocido!
LA MUJER DEL MORCEGO.—Muy fácil que sea de allí. Dispense la pregunta: ¿Usted es de allí?
EL CABALLERO.—¿No me conocéis? Soy Don Juan Manuel Montenegro.
EL MORCEGO.—Por muchos años.
EL TULLIDO DE CÉLTIGOS.—Estábamelo pareciendo.
DOMINGA DE GÓMEZ.—Yo, dende que habló le conocí.
EL CABALLERO.—¿A qué distancia estamos de Flavia-Longa?

El Morcego.—Cosa de una legua.

La Mujer del Morcego.—Di también tres, Morcego.

El Caballero.—La noche es tan oscura que no reconozco el camino.

El Manco de Gondar.—Ya cantó el cuco, y pronto amanecerá Dios.

El Manco Leonés.—Noble Caballero, aquí tiene acomodo donde estará más resguardado del viento y de la lluvia.

La Mujer del Morcego.—Apártate, Andreíña, y deja sitio al Señor Don Juan Manuel.

Andreíña la Sorda.—¿Quién dices?

La Mujer del Morcego.—El señor de la casa grande de Flavia-Longa.

Andreíña la Sorda.—Ayer, por el camino de Bealo, iban diciendo que la señora entregará el alma a Dios.

La Mujer del Morcego.—¡Ave María!... Si aquí está presente el señor.

El Caballero.—Voy a su entierro... Con la esperanza de verla aún con vida, acabo de desembarcar en esa playa.

La Mujer del Morcego.—Y con vida la encontrará, señor. ¡Muy bien puede salir engaño cuanto cuenta Andreíña!

El Morcego.—Como es sorda, nunca está al cabo de lo que pasa por el mundo.

Dominga de Gómez.—¡Y hay mucha gente divertida que le dice engaños porque luego ella los vaya pregonando!

Andreíña la Sorda.—El Ciego de Gondar díjome que tenía pensado llegarse a Flavia-Longa.

El Morcego.—Si es cuento del Ciego de Gondar, será mentira.

Andreíña la Sorda.—Habrá reparto de limosna en la casa grande, y más atrapará un pobre allí que en Santa Baya. Yo también hago pensamiento de llegarme por aquellas puertas, que siempre fueron de mucha caridad.

EL CABALLERO.—Y seguirán siéndolo. Habrá limosna para todos los que lleguen a ellas.

ANDREÍÑA LA SORDA.—Lo ha dejado en una manda la difunta señora, porque sus culpas le sean perdonadas.

EL CABALLERO.—¡No son sus culpas las que necesitan perdón, son las mías! Todo el maíz que haya en la troje se repartirá entre vosotros. Es una restitución que os hago, ya que sois tan miserables que no sabéis recobrar lo que debía ser vuestro. Tenéis marcada el alma con el hierro de los esclavos, y sois mendigos porque debéis serlo. El día en que los pobres se juntasen para quemar las siembras, para envenenar las fuentes, sería el día de la gran justicia... Ese día llegará, y el sol, sol de incendio y de sangre, tendrá la faz de Dios. Las casas en llamas serán hornos mejores para vuestra hambre que hornos de pan. ¡Y las mujeres, y los niños, y los viejos y los enfermos, gritarán entre el fuego, y vosotros cantaréis y yo también, porque seré yo quien os guíe! Nacisteis pobres, y no podréis rebelaros nunca contra vuestro destino. La redención de los humildes hemos de hacerla los que nacimos con ímpetu de señores cuando se haga la luz en nuestras conciencias. ¡En la mía se hace esa luz de tempestad! Ahora, entre vosotros, me figuro que soy vuestro hermano y que debo ir por el mundo con la mano extendida, y como nací señor, me encuentro con más ánimo de bandolero que de mendigo. ¡Pobres miserables, almas resignadas, hijos de esclavos, los señores os salvaremos cuando nos hagamos cristianos!

La hueste de mendigos se conmueve con un largo murmullo semejante al murmullo del rezo con que pide limosna por las puertas. Cuando el rumor se aquieta, alza su voz un mendigo gigantesco que tiene los ojos llagados por la lepra, y en aquella voz gangosa y oscura se arrastra como una larva la tristeza milenaria de su alma de siervo.

El Pobre de San Lázaro.—Dios Nuestro Señor nos dará en el Cielo su recompensa a todos los que aquí pasamos trabajos. Es su ley que unos sean pobres y otros ricos. Dios Nuestro Señor a los pobres nos manda tener paciencia para pedir la limosna, y a los ricos les manda tener caridad, y el rico que parte su pan trigo con el pobre, tiene el Cielo más ganado que el pobre que lo recibe y no lo agradece. ¡Es la ley de Nuestro Señor!

El Caballero *se estremece. Hasta su rostro llega el aliento podre de aquella voz gangosa, y apenas puede dominar el impulso de apartarse. A la lívida claridad del amanecer, la figura gigantesca del mendigo leproso se destaca en la oquedad de las canteras.* El Caballero *siente una emoción cristiana.*

El Caballero.—¿Eres el pobre de San Lázaro?
El Pobre de San Lázaro.—Sí, señor.
El Caballero.—¿Y tus hijos?
El Pobre de San Lázaro.—Los cinco están recogidos en el Hospital.
El Caballero.—¿Tienen tu mismo mal?
El Pobre de San Lázaro.—Sí, señor... Yo, como nací labrador, no puedo estar preso en el Hospital. Si no veo los campos y los caminos, muérome de tristeza. El Hospital es como una cárcel, y allí cerrado moríame de pena... No me mata este mal tan triste, y matábame el no ver las eras, y los viñedos, y los castañares.
El Caballero.—¡Ya amanece!... Job, si puedes andar, ven conmigo...
El Pobre de San Lázaro.—¡Vamos, Carmelo! Hoy encontraste ya un hueso que roer.

Carmelo, un perro viejo y feo que dormita a los pies del leproso, se endereza y sacude. Don Juan Manuel *sale al camino, y la hueste de mendigos se mueve tras él con un clamor de planto.*

Los Mendigos.—¡Era Doña María la madre de los pobres! ¡Nunca hubo puerta de más caridad! ¡Dios Nuestro Señor la llamó para sí y la tiene en el Cielo, al lado de la Virgen Santísima! ¡Era la madre de los pobres!
El Caballero.—¿Por qué no camináis en silencio? ¡Era mi madre también, era todo cuanto tenía en el mundo, y no lloro!

La voz del viejo linajudo, desmintiendo sus palabras, se rompe en un sollozo. La hueste de mendigos comienza a rezar un Padrenuestro que guía El Pobre de San Lázaro.

JORNADA SEGUNDA

ESCENA PRIMERA

Una sala con tribuna sobre la capilla, en la casona de Flavia-Longa. Están cerradas todas las ventanas, el sol mañanero ilumina los resquicios, y las rayolas del polvo tiemblan en impalpables escalas: El olor de la cera y del incienso ha quedado flotando en la estancia. La capilla yace desierta y oscura después del funeral de DOÑA MARÍA. *Dos de sus hijos han entrado, recatándose, en la sala.*

DON FARRUQUIÑO.—Cierra la puerta.
DON PEDRITO.—¿De qué se trata?
DON FARRUQUIÑO.—Ahora lo sabrás.
DON PEDRITO.—¡Cuánto misterio!
DON FARRUQUIÑO.—¡Pues si los otros llegan a enterarse!... Han olvidado las alhajas de la capilla, y antes de que acuerden nos las vamos a repartir tú y yo.
DON PEDRITO.—Había pensado en ello, pero tiene las llaves el capellán.
DON FARRUQUIÑO.—Por eso vamos a descolgarnos por la tribuna.
DON PEDRITO.—¿Y esos no sospecharán?... El Demo-

nio me lleve si hemos conseguido engañarlos en lo otro... La verdad es que, por mi parte, tampoco lo pretendí. Yo me alegro de que lo sepan.

Don Farruquiño.—Esa plata que nos hemos repartido es una miseria... ¿Pero y el trigo, y el maíz, y el centeno? Las trojes hoy están vacías, y no hace una semana estaban llenas, porque mi madre había cobrado los forales de András y de Corón. ¿Quién la ha robado? ¡Ellos y sólo ellos!

Don Pedrito.—¿Los tres?

Don Farruquiño.—O uno solo... ¿Qué más da?

Don Pedrito.—Si fuese uno solo, le obligaríamos a que lo devolviese.

Don Farruquiño.—¡Creo que han sido los tres!

Don Pedrito.—¡Bandidos!... ¿Y habrá llegado mi padre?

Don Farruquiño.—No sé.

Don Pedrito.—Hace poco he oído rumor de voces...

Don Farruquiño.—Yo nada oí...

Don Pedrito.—Temo el momento de verme frente a frente.

Don Farruquiño.—Yo también.

Don Pedrito.—¿Habrá llegado?

Don Farruquiño.—Sospecho que no, porque hay demasiado silencio en la casa... Don Juan Manuel no vendrá tan sin ruido como la muerte.

Don Pedrito.—¡Pobre madre!... Entre todos la hemos enterrado.

Don Farruquiño.—Buenos sepultureros estamos... ¿Oye, me romperé una pierna si me dejo caer desde la tribuna al otro lado?

Don Pedrito.—Creo que no.

Cabalga sobre el barandal Don Farruquiño *y se descuelga hacia el oscuro presbiterio de la capilla, donde aún flota el humo de la cera y del incienso. Se balancea un momento y se deja caer.*

Don Pedrito.—Ahora voy yo.
Don Farruquiño.—Tú me esperas arriba. Tienes que darme los brazos para que suba. Si saltas nos quedamos sin poder salir, porque están todas las puertas cerradas.

Sube las gradas del presbiterio Don Farruquiño, *y luego de hacer una genuflexión ante el altar, abre el sagrario, de donde saca el copón y la patena, que tienen en sus manos el áureo brillo de un tesoro. Con religioso respeto los contempla, colocándose bajo la lámpara.*

Don Farruquiño.—Por fortuna, no tiene ninguna sagrada forma el copón. ¡Dios ha hecho que los otros bandidos perdiesen la memoria, porque hubieran entrado aquí y todo lo hubieran profanado para venderlo!... Pedro, tú te llevarás la lámpara, que es de plata, y yo conservaré los vasos sagrados para dedicarlos al culto. Hay que salvar el sacrilegio.
Don Pedrito.—Ya arreglaremos eso... Ahora lo que cumple es esconderlo todo en el cuarto de la criada vieja.
Don Farruquiño.—Lo enterraremos en la bodega.
Don Pedrito.—De enterrarlo, sería mejor debajo del altar. Ahí estaba seguro... Cuando el capellán ocultó el alijo de armas para la facción nadie dio con él.
Don Farruquiño.—¿Y luego cómo lo sacábamos? Porque estas puertas se cierran para nosotros apenas asome Don Juan Manuel.
Don Pedrito.—Lo mejor es el arca de la criada, y nadie sospechará...

Mientras habla el primogénito, el tonsurado vuelve a subir las gradas del presbiterio y apaga la lámpara, que por fundación debe arder noche y día. Helado y sobrecogido, oye en la oscuridad la voz de su hermano que le habla con el cuerpo fuera de la tribuna y los ojos lucientes de fiebre, como un poseído.

Don Pedrito.—No pises sobre la sepultura de mi madre... ¡Ladrón!
Don Farruquiño.—¿Qué estás diciendo?
Don Pedrito.—No pises sobre la sepultura. Está enterrada delante del altar. No pises sobre ella... ¡Puede levantarse!...
Don Farruquiño.—¡Tú estás borracho, ladrón!

El primogénito recoge el cuerpo, doblado sobre el barandal de la tribuna, y sonríe desvanecido, pasándose una mano por los ojos.

Don Pedrito.—Es verdad, estoy borracho sin haber bebido... ¡Ojalá estuviese borracho!... No olvides que las despabiladeras también son de plata.
Don Farruquiño.—Si dejo algo serán las campanas, ladrón.
Don Pedrito.—¡Alabado seas!

Don Farruquiño se encarama en el retablo, y despoja de su espada de plata al tutelar de la capilla. Los ojos del tiñoso Satanás ríen encarnizados bajo las plantas del Arcángel.

Don Farruquiño.—¡Dispensa, pero para eso estás encima, Glorioso San Miguel!
Don Pedrito.—Ya lo tienes estrujado como la uva, y no necesitas de la espada, Santiño Bienaventurado.

El otro bigardo posa familiarmente una mano sobre aquella cabeza de moro negro, que saca la lengua de sierpe al ser aplastado por las angélicas plantas, y sonríe con la malicia del tonsurado que sabe cómo todas las astucias del rebelde son juegos ante el poder de los exorcismos. Siempre con la misma sonrisa, le arranca un cuerno.

Don Farruquiño.—Te quedas a media asta, Lucifer.
Don Pedrito.—¿También son de plata?
Don Farruquiño.—En la duda...
Don Pedrito.—Arráncale el otro cuerno.
Don Farruquiño.—¡No grites, ladrón! El otro se lo dejo para que se defienda, ya que cayó debajo.

Salta al presbiterio desde la mesa del altar, y otra vez su hermano se alza despavorido, y otra vez grita echando el cuerpo fuera de la tribuna, con los ojos ardidos y visionarios.

Don Pedrito.—¡No pises sobre la sepultura! ¡Que se levanta!... ¡Que se levanta!...
Don Farruquiño.—¡Tú quieres asustarme, gran ladrón!
Don Pedrito.—Le has puesto el pie sobre el pecho. Yo la vi levantarse en la caja, con las dos manos apretadas sobre el corazón, y lo tiene lleno de espadas como la Virgen de los Dolores. También son de plata, Farruquiño. ¡No las dejes! ¡No las dejes! ¡No las dejes!
Don Farruquiño.—¡Ladrón, calla, que me estás asustando! ¡Si se me han puesto los pelos de punta! ¡Callarás, ladrón!
Don Pedrito.—¿Qué fue?... ¿Por qué has apagado la lámpara si en la oscuridad los ojos están llenos de luces?
Don Farruquiño.—Ciérralos y no hables, que son desvaríos del vino.

Don Pedrito.—¡Apenas lo caté!...
Don Farruquiño.—Entonces son burlas del amigo a quien hemos dejado sin un cuerno.
Don Pedrito.—Devuélveselo, Farruquiño.
Don Farruquiño.—¡Una higa! Bastará con que reces un Credo.
Don Pedrito.—Me pareció ver la sombra de mi madre y hasta entender su voz. ¡No pises sobre la sepultura, porque se levanta, Farruquiño!
Don Farruquiño.—¡Estás loco!
Don Pedrito.—¿Qué le dolerá más, sentir las espadas clavadas en el corazón o el arrancárselas? ¡Son siete, y no cabe mentir!... ¡Son siete, como las espadas de la Virgen!... Siete de espadas, te jugaré, Farruquiño, y también el as, la espadona de San Miguel... Todo lo guardas en la sepultura... Es mejor que el arca de Andreíña.
Don Farruquiño.—¡Tú quieres asustarme, y voy a abrirte la cabeza, ladrón!

Se vuelve buscando en la sombra del retablo algo que arrojar a su hermano para ahuyentarle de la tribuna, y alcanza el perro clavado en las andas de San Roque. Don Pedrito *recibe el golpe en mitad de la frente, y con el rostro atravesado por un hilo de sangre se pone en pie, pálido y sereno.*

Don Pedrito.—¡Hermano, yo nada quiero de toda esa plata! Llega y te daré los brazos para que subas. Pero vuelve a encender la lámpara y déjalo todo como estaba. A San Miguel dale la espada, y su cuerno a Satanás.
Don Farruquiño.—¡Un rayo te parta!
Don Pedrito.—Hermano, sal de ese pozo negro. Llega, y te daré los brazos. Pero no pises sobre la sepultura. ¡Que se levanta!... ¡Que se levanta!... ¡Que se levanta!...

Sale de la estancia andando hacia atrás. Despavorido bajó a la cuadra, donde tiene su caballo, le puso la silla y se lanzó al camino, aquel camino aldeano de verdes orillas, que cruza por delante de la casona hidalga. Uno de esos caminos humildes, que guían a todas partes.

ESCENA SEGUNDA

Un poco más adelante, siguiendo por aquel camino humilde de verdes orillas, un paraje de álamos y de agua. El primogénito encuentra a su padre, que viene a pie entre la hueste de mendigos, y refrena el caballo haciéndose a un lado para dejar paso a todos. Don Juan Manuel *no le reconoce hasta cruzar por su lado. Entonces le mira con altivez, pero sin cólera, desengañado, desdeñoso, triste.*

El Caballero.—¡Ah!... Eres tú, bandido.
Don Pedrito.—¡Yo soy!
El Caballero.—Al fin nos encontramos. ¿Te han dicho que tienes mi maldición?
Don Pedrito.—Sí, señor.
El Caballero.—¿Y no te importa?
Don Pedrito.—No, señor.
El Caballero.—La verdad es que una maldición no mata ni espanta.

El Caballero *se coge la barba estremecida por la risa, una risa extraña, de viejo loco, desengañado y burlón.* Don Pedrito *requiere las riendas.*

Don Pedrito.—¡Déjeme pasar, padre!
El Caballero.—Antes dirás por qué no te importa mi maldición. ¿Te hace reír?

Don Pedrito.—No me hace reír.

El Caballero.—Pues a mí me hace llorar de risa verme lanzando excomuniones como el Papa.

Don Pedrito.—¡Deje paso, señor!

El Caballero.—A un hijo tan bandido como tú no se le maldice, se le abre la cabeza.

Don Pedrito.—Yo no soy su hijo, Don Juan Manuel.

El Caballero aferra con una mano las riendas, mientras con la otra enarbola el bastón. El primogénito, doblándose sobre el borrén y corriendo espuelas, encabrita el caballo, y el padre, sin soltar el rendaje, le apalea.

El Caballero.—A un hijo tan bandido se le abre la cabeza. ¡Se le mata! ¡Se le entierra!

Don Pedrito.—¡No me encienda la sangre, que si me vuelvo lobo, lo como!

El Caballero.—Apéate del caballo, y verás quién tiene más fieros dientes.

Don Pedrito.—¡No me tiente, señor!

El Caballero.—¡Apéate, para que sepas quién es el lobo!

Trémulo, con los ojos ardientes, salta a tierra el primogénito y va contra su padre, que le espera en medio del camino con el bastón enarbolado. Detrás se extiende la hueste de mendigos, que tiemblan de miedo y de frío bajo sus harapos, al intentar interponerse.

El Pobre de San Lázaro.—Señor Don Pedrito, considere que es su padre, y que le ha dado la vida, y que puede quitársela. ¡El padre es como el Dios del Cielo!

El Manco Leonés.—Muestre su noble sangre volviéndose atrás por el camino que traía, joven caballero.

Dominga de Gómez.—Con un padre no hay que tener valentía.

El Pobre de San Lázaro.—Un padre nos da disciplinazos, y cuando corra la sangre hemos de besarle las manos.

Dominga de Gómez.—Quisiera yo, cuitada de mí, ver alzarse a mi padre de la cueva, aunque fuera para arrastrarme de los cabellos, que no tengo.

Don Pedrito *queda un momento suspenso en medio del camino, y siempre trémulo, mira cómo su caballo se huye al galope por una siembra, pisándose las bridas.*

El Caballero.—¿Por qué te detienes, mal hijo?
Don Pedrito.—Por ver si entre tanto misionero había alguno que fuese para alcanzarme el caballo.
El Caballero.—¡Y tú te llamas lobo!
Don Pedrito.—Lobo seré si mi padre vuelve a levantar su brazo sobre mi cabeza.

El Caballero *siente la amenaza y adelanta hacia su primogénito.* Don Pedrito *ceja, se recoge, y con un salto impensado, arranca su bordón al leproso. Armado y apercibido, hace con él un círculo en el aire que tiene un terrible zumbar. Cuando el padre y el hijo van a encontrarse, se interpone entre ellos la figura gigante y trágica del* Pobre de San Lázaro.

El Pobre de San Lázaro.—El palo que a mí me sostiene por los caminos no ha de alzarlo contra su padre. Diómelo como una cruz Nuestro Señor Jesucristo.
Don Pedrito.—Apártate, leproso.
El Pobre de San Lázaro.—Antes vuélvame el palo con que voy por el mundo, que si no me lo vuelve yo lo tomaré.

Don Pedrito.—¡Ay de ti si me tocan tus manos podridas!

Con lento andar, de una humildad fuerte y solemne, avanza El Pobre de San Lázaro. *El capote de soldado que le cubre parece aumentar la expresión trágica de aquella figura gigante y mendiga.* Don Pedrito *retrocede estremecido, y arroja el bordón lejos de sí. Detrás del pobre está la sombra de Doña María.*

Don Pedrito.—¡Ten tu cruz, hermano!
El Pobre de San Lázaro.—Gracias, noble señor.
Don Pedrito.—¿Tú no sabes dónde hallaré yo la mía?
El Pobre de San Lázaro.—No sé... Eso nadie lo sabe hasta que una vez en la noche, durmiendo en un pajar o caminando solo por un camino, se aparece el ángel que nos habla en nombre de Nuestro Señor.
El Caballero.—¡Job, no digas tonterías!... Si te parece cambiaremos nuestras cruces...

Ofrece su bastón al leproso el viejo linajudo, y recoge del sendero el palo del mendigo. El primogénito se aleja hablando solo, y atraviesa la siembra por cobrar el caballo que pace allá en el fondo, arrastrando el rendaje. Monta, y al galope desaparece. El Caballero, *ceñudo y sombrío, sigue su peregrinación entre la hueste mendicante que renueva las voces de su planto cuando ve las torres de Flavia-Longa.*

Los Mendigos.—¡Era la madre de los pobres! ¡Nunca hubo puerta de más caridad! ¡Dios Nuestro Señor la llamó para sí y la tiene en el Cielo al lado de la Virgen Santísima! ¡Era la madre de los pobres!

ESCENA TERCERA

La cocina, en la casona de Flavia-Longa. Don Rosendo, Don Mauro y Don Gonzalito, *se desayunan con migas y buen vino, al amor de la lumbre.* Andreíña, *la criada vieja y encubridora, trae la nueva de que está llegando* Don Juan Manuel.

Andreíña.—Distínguesele por el alto de Las Tres Cruces.
Don Gonzalito.—Nos da tiempo para acabar las migas.
Don Rosendo.—Mi plato que lo rebañen los galgos.
Don Gonzalito.—Yo tengo mi caballo ensillado y llenas las alforjas.
Don Mauro.—Yo también, no hay más que montar y poner espuelas.
Don Rosendo.—¿Donde están las mías, Andreíña?
Andreíña.—Mírelas colgadas de aquel clavo.
Don Mauro.—¿Qué habrá sido de mis hermanos Don Pedro y Don Francisco?
Andreíña.—¡Fuéronse cuánto hace!
Don Rosendo.—¿Tú los has visto caminarse?
Andreíña.—Así muerta, me entierren.
Don Gonzalito.—¿No estarán escondidos?
Andreíña.—¿Dónde quiere que se escondan, mi rey?
Don Gonzalito.—Pues a fe que no hay sitios: En el pajar, en la torre, en la capilla... ¡Un rayo me parta! Nos hemos olvidado de las alhajas de la capilla.
Don Rosendo.—¡Maldita suerte!
Don Mauro.—¿No habrá tiempo todavía?
Andreíña.—Mismo está llegando el señor mi amo.

Don Mauro *apura un vaso que, al terminar de beber, estrella en las losas de la cocina, y volviéndose a la vieja criada, con una mano la suspende del cuello y con la otra desnuda un puñal.* Andreíña *clama despavorida.*

Don Mauro.—He de segarte la lengua si dices una sola palabra a mis hermanos. Como lleguen a desaparecer las alhajas de la capilla ya puedes confesarte. Te desuello, y clavo en la puerta de mi casa tu piel de bruja.
Andreíña.—¡En los días de mi vida hice a nadie una mala traición!
Don Mauro.—Tú fuiste quien les entregó la plata, y es inútil que lo niegues.

Se oye el confuso clamor de los mendigos en la portalada de la casona, y la voz autoritaria y conmovida del viejo linajudo, que sube la escalera.

El Caballero.—¡Ya dieron tierra a tu cuerpo! ¿Rusa por qué me dejas tan solo? ¡Que al pie de tu sepultura caven la mía!... ¡Rusa! ¡Rusa! ¡Rusa!
Los Mendigos.—¡Era la madre de los pobres! ¡Fruto de buen árbol! ¡Tierra de carabeles!

Atropelladamente, los tres bigardos salen de la cocina rosmando amenazas, y por el portón del huerto huyen a caballo. La vieja, con la basquiña echada por la cabeza a guisa de capuz, se acurruca al pie del hogar y comienza a gemir haciendo coro a la querella de los mendigos. Entra otra criada, una moza negra y casi enana, con busto de giganta. Tiene la fealdad de un ídolo y parece que anda sobre las rodillas. Le dicen por mal nombre La Rebola.

La Rebola.—¡Qué susto grande!... Escuché una voz que salía de lo más fondo de la capilla, al pasar por la sala de la tribuna.

Andreíña.—¡Calla, condenada!... Cúbrete la cabeza con el manteo, y llora conmigo.

La Rebola.—¡Señora, mi ama! ¡Señora, mi ama!

Andreíña.—¡Qué poca gracia tienes, condenada! Adeprende cómo se hace un planto. ¡Rosa de Jericó! ¡Rosa sin espinas! ¡Mi reina de las manos blancas, que hilaban para los pobres!...

La Rebola.—¡Paloma sin hiel! ¡Paloma de la Candelaria!

Andreíña.—¡Árbol que a todos dabas tu sombra!

La Rebola.—¡Peral de ricas peras!

Resuenan en la largura del corredor las voces y los pasos de los mendigos, y en la puerta de la cocina está la prócer figura del Caballero. *Las dos mujeres, arrodilladas al pie del hogar y cubiertas las cabezas, ponen más altos sus ayes.*

El Caballero.—Alzaos del suelo y atended a mis huéspedes. Dadles a todos de comer y beber. Vosotros entrad y calentaos al amor de la lumbre.

Andreíña.—Poco hay en la casa para tanto hambriento.

El Caballero.—¡Calla, vieja sierpe!

Dominga de Gómez.—Dejaime que llegue al hogar, pues vengo aterida.

El Manco Leonés.—¡Dios se lo premie al noble señor!

El Morcego.—¡Qué gran cocina!

La Mujer del Morcego.—Parece la de un convento, Morcego.

El Manco de Gondar.—Como corresponde a la grandeza de la casa.

El Pobre de San Lázaro.—Veinte criados caben a la redonda del hogar, y otro tiempo se juntaban. Yo también me senté con ellos, que aún no tenía este mal tan triste.

El Caballero.—Ahora te sentarás conmigo para que yo pueda sentarme algún día al lado de mi muerta. Bruja, abre el horno y repártenos el pan.

Andreíña.—¡Ay, señor mi amo, está vacío el horno!

El Caballero.—Enciéndele, y amasa la harina más blanca de la flor del trigo.

Andreíña.—¡Ay, señor mi amo, no hay harina, ni grano que llevar al molino!

El Caballero.—¿Qué ha sido del trigo y el centeno que llenaba mis arcaces?

Andreíña.—¡Ay, señor mi amo, comiéronle las ratas!

El Caballero.—Enciende el horno... Si no hay harina que cocer te quemaremos a ti por bruja.

Andreíña.—¡Murióse aquella santa, que si ella no se muriese no recibiera yo este trato! ¡Bruja! Nadie en el mundo me dijo ese texto, que vengo de muy buenos padres, y no habrá cristiano que me haya visto escupir en la puerta de la iglesia, ni hacer los cuernos en la misa mayor. ¡Ay, muerte negra, que te llevas a los mejores y dejas a los más ruines!

El Caballero se sienta solo en un banco que hay frontero al hogar, y permanece abatido y sombrío, con los ojos en la hoguera de sarmientos que levanta sus lenguas de oro hacia el fondo negro y brujo de la chimenea, donde resuenan las risas del viento. Los mendigos se agrupan al otro lado, y hablan en voz baja.

EL CABALLERO.—Calentaos, ya que sólo puedo ofreceros el techo y la lumbre. Don Juan Manuel Montenegro hoy es tan pobre como vosotros.

DOMINGA DE GÓMEZ.—Es rico de caridad.

EL POBRE DE SAN LÁZARO.—En donde está el fuego, está Dios Nuestro Señor. El fuego es más que el pan y que el agua y que la sal. Todo en el mundo, para ser, requiere una chispa de lumbre. Lo mismo el vino que la sangre, y los ojos si han de tener luz, y la tierra si ha de dar fruto. Yo llevo este mal tan triste porque un gran frío me recorre el cuerpo, y me toca el fuego y no lo siento calentar mi carne muerta. En la noche no se ve nada y se ve una hoguera, y del cielo ninguna cosa baja a la tierra, si no es el agua y el fuego, que tienen una hermandad...

En la cocina resuenan los lloros del niño que mama en el pecho de PAULA LA REINA. *La mendiga trata de acallarle con el susurro de un canto, y, toda atenta, sigue las palabras del leproso, mientras saca por encima del justillo el otro pezón, para ofrecérselo al niño, que llora de hambre.*

PAULA LA REINA.

¡Eh, meniño, eh!...
Pra Santo Tomé...
¿Teu pai quen foy?
¿Tua nai quen e?...
¡Eh, meniño, eh!...

EL CABALLERO.—¿Por qué no le retuerces el cuello a esa criatura, Paula? ¿No ves cómo llora?

PAULA LA REINA.—¡Hijo de mis entrañas!

El Caballero.—¿Qué derecho tienes para darle tu miseria? Guarda tus pechos, y déjalo morir. ¿Ves cómo llora de hambre? Pues así habrá de llorar toda la vida. ¿No te da lástima, mujer? Retuércele el cuello para que deje de sufrir, y da libertad a su alma de ángel... ¡Ojalá nos retorciesen el cuello a todos cuando nacemos! ¡Ojalá yo se lo hubiese retorcido a mis hijos!... ¿Han estado aquí esos sepultureros, Andreíña?

Andreíña.—Cuando entraba el señor mi amo, ellos salían fugitivos.

El Caballero.—¿Han cavado bien honda la sepultura de su madre?

Andreíña.—Ellos no la cavaron.

El Caballero.—¿Bien honda, bien honda, que haya sitio para mí?

Andreíña.—¡Asús, parecen palabras de fiebre!...

Dominga de Gómez.—La pena que le cubre el corazón hácele decir esos textos.

El Caballero *guarda silencio. Los mendigos se agrupan en torno del fuego, y con los brazos apretados sobre sus harapos se estremecen, con ese estremecimiento feliz de los vagabundos que saben gozar del albergue y del fuego. Entra* El Capellán.

El Capellán.—¡Un resucitado!... ¡Le veo y no me parece Don Juan Manuel! ¡Vengo de la playa, de esperar la barca de ese infeliz Abelardo!

El Caballero.—¿No habrá llegado?

El Capellán.—¡Ni llegará!... Naufragaron...

El Caballero.—¿Y han perecido todos?

El Capellán.—¡Todos!... El cuerpo del patrón dicen que ha salido en la playa de Rajoy... Yo le hacía embarcado con ellos al Señor Don Juan Manuel. ¡Es providencial!

El Caballero.—¡Dios quiere darme tiempo para que me arrepienta de mis pecados!

El Capellán.—¡No lo olvide, Señor Don Juan Manuel!

El Caballero.—¡Les forcé para que se hiciesen a la mar, y con ellos estuve embarcado toda la noche!... La muerte estaba en acecho, y la sentí pasar por mi lado. Estaba en aquella barca de pescadores y en esta casa mía... Por donde voy descubro las huellas de su paso. ¡He visto sus luces!

El Capellán.—La muerte va con nosotros desde que nacemos.

El Caballero.—Yo siento sus pasos en esta casa vacía... Esta casa que parece también estar muerta, toda silenciosa, toda fría, toda oscura, huérfana de la pobre alma... ¡Yo no cerré sus ojos, ni besé sus manos de cera! ¿Por qué al menos no me esperasteis para dar tierra a su cuerpo?

El Capellán.—Se corrompía todo, señor.

El Caballero.—¡Miseria de la carne!

El Capellán.—Los gusanos le corrían. Formaban nido en la cabeza y bajo los brazos.

El Caballero.—¡Miseria de la vida!

El Capellán.—Dijeron que se le había abierto la madre de los gusanos, la gusanera, como cuentan de un rey de las Españas.

El Caballero.—¿Dónde ha muerto? Quiero ver su alcoba. Allí estará su sombra, esperándome... Mis brazos de carne no podrán estrecharla... Pero las almas se abrazan, porque también son de sombra, y los vivos oyen a los muertos.

El Viejo Linajudo *sale seguido del* Capellán. *Después de un instante en torno del fuego, bajo la chimenea donde resuenan las risas del viento, comienzan a despertarse las voces de los mendigos, apagadas y llenas de misterio.*

DOMINGA DE GÓMEZ.—¡En una casa tan rica no haber pan en el horno!... ¿Vísteislo vosotros jamás de los jamases?
ANDREÍÑA.—Comiólo quien tenía dientes.
EL MORCEGO.—Entonces no fuiste tú.
ANDREÍÑA.—Fue quien sabía agradecello.
LA MUJER DEL MORCEGO.—No te enciendas, criatura.
DOMINGA DE GÓMEZ.—¡Ni harina ni grano en una casa tan rica!
EL MANCO LEONÉS.—No parece que haya pasado la muerte, sino un turbión.
EL POBRE DE SAN LÁZARO.—Las casas más grandes se consumen como los cirios del velorio, cuando los hijos se alzan contra los padres y pelean por las herencias.
EL MORCEGO.—¡Yo que esperaba comer compango!
LA MUJER DEL MORCEGO.—No la acertamos, Morcego.
DOMINGA DE GÓMEZ.—La Gloriosa Santa Baya, mándanos tal castigo porque dejamos su romería.
EL MANCO LEONÉS.—El señor amo, no olvidará la promesa que nos hizo.
EL MANCO DE GONDAR.—Siempre fue muy liberal.
EL MORCEGO.—¿No habrá nada que arrebañar por las alacenas, Andreíña? Algo habrán dejado los abades que cantaron el entierro.
ANDREÍÑA.—Comiéronlo las ratas.

Asoman en la puerta de la cocina el CIEGO DE GONDAR *y el rapaz que le sirve de lazarillo. El ciego es un viejo de perfil monástico, con una capa tabacosa que le llega a los zuecos. La zamfoña que lleva a la espalda le hace el bulto de una joroba, bajo la luenga capa. El lazarillo va cargado con las alforjas: Es un niño aldeano, vestido de estameña, con la guedeja trasquilada sobre la frente con tonsura casi medioeval.*

EL CIEGO DE GONDAR.—¿Hay licencia?
ANDREÍÑA.—No la has menester.
EL CIEGO DE GONDAR.—¿Y un sitio al amor de la lumbre?
ANDREÍÑA.—Si no es más que eso...
EL CIEGO DE GONDAR.—Y una fabla que he de tener contigo, Andreíña.
ANDREÍÑA.—¿Una fabla?
EL CIEGO DE GONDAR.—Y muy secreta.
EL MORCEGO.—Así muerto me entierren, si no viene por pedirte promesa de casamiento. Darásnos los aguinaldos.
ANDREÍÑA.—Vos daré asados los cuernos de una cabra.

La vieja criada llega adonde el ciego, y aparta con su diestra de bruja al lazarillo, empujándole hacia el hogar donde se agrupa la hueste mendicante. EL CIEGO DE GONDAR *y la vieja se enredan en una plática que comienza en alta voz y acaba en susurro de secreto.*

EL CIEGO DE GONDAR.—Bien de mi corazón, allega si quieres, y si non non, que por el mundo sobran mujeres.
ANDREÍÑA.—¡Valiente prosero!
EL CIEGO DE GONDAR.—Allega tu pico, paloma real, allega tu pico, que no soy gavilán.
ANDREÍÑA.—Acaba de una vez, que se me va la lumbre.
EL CIEGO DE GONDAR.—Hermana Rebola, sopla en el lar. Nos, tras de la puerta, hemos de amasar, meter y sacar y dar de barriga. No riades, rapaces, que no hay picardía.

Celebran los mendigos aquellas clásicas burlas, y en tanto las glosan, la criada y el ciego hablan bajando la voz.

ANDREÍÑA.—¿Qué hay?
EL CIEGO DE GONDAR.—Agora verás. Topábame sentado al abrigo de la capilla, en la misma puerta, y oigo golpes por la banda de dentro, respondo batiendo con el zueco, y escucho la voz de Don Farruquiño.
ANDREÍÑA.—¿Tú dices verdad?
EL CIEGO DE GONDAR.—Está allí como prisionero, y mandóme que llegase secretamente a decírtelo para que vieses manera de hablarle por la sala de la tribuna.
ANDREÍÑA.—Toda estoy temblando. Los otros hermanos son capaces de matarme.
EL CIEGO DE GONDAR.—Yo cumplo con darte el aviso.
ANDREÍÑA.—Agora mismo voy ver...

ANDREÍÑA *sale de la cocina, y el ciego, tentando con el palo, se acerca al hogar, guiado por las voces de los mendigos que ahora comentan el naufragio de la barca de* ABELARDO.

EL CIEGO DE GONDAR.—¿Habláis de esos cinco mozos ahogados?
PAULA LA REINA.—¡Es una compasión de Dios!
DOMINGA DE GÓMEZ.—Inda no se sabe si han perecido los cinco.
EL CIEGO DE GONDAR.—En toda la largura de la playa solamente se oyen las voces de las mujeres y de las criaturas.
PAULA LA REINA.—¡Pobres almas, qué triste suerte les espera!
DOMINGA DE GÓMEZ.—La misma que a todos nosotros. ¡Pedir una limosna por las puertas!

El Ciego de Gondar.—Por agora, la mar sólo ha echado el cuerpo del patrón y el del rapaz.

La Mujer del Morcego.—¿De quién era el rapaz?

El Ciego de Gondar.—No sé decírvoslo.

La Rebola.—Era el hijo más nuevo de la Garula.

El Morcego.—¡Valiente borrachona está la madre!

El Manco Leonés.—Hace bien. En el mucho beber no hay engaño, y el mejor amigo es el jarro.

El Ciego de Gondar.—Donde están todos los males es en el agua. ¡Mira si no el hijo! Lo que la madre no cató en toda la vida, lo achicó en una noche el cuitado.

Paula la Reina.—¡Ay, muerte negra!

El Pobre de San Lázaro.—¡Mejor está que nos!

Dominga de Gómez.—El mundo solamente es para los ricos.

El Pobre de San Lázaro.—El mundo no es para nadie. ¿Qué hace un rico si arrastra la cadena de una cativa enfermedad? El mundo es una cárcel escura por donde van las almas hasta que se hacen luz. El Señor Mayorazgo cuando poco hace te decía que torcieses el cuello a tu hijo, sin duda pensaba en todas las tribulaciones de su vida.

Dominga de Gómez.—¡Miray que fue suerte la suya al desembarcar en aquella playa!

La Mujer del Morcego.—¡Naufragar todos y salvarse él solo!

El Ciego de Gondar.—Al Señor Mayorazgo no lo quieren ni los arroases de la mar, ni los demonios del Infierno.

El Pobre de San Lázaro.—¡Será para Dios Nuestro Señor!

Se oyen pasos en el corredor, y los mendigos callan. La Rebola *echa en el fuego un haz de sarmientos que ahuman y chascan bajo las lenguas de la llama, y una gran hoguera irrumpe de pronto. La hueste mendicante, con estremecimientos humildes, con un gesto sórdido, se agrupa en torno del hogar.* BENITA LA COSTURERA *asoma en la puerta y murmura la rancia salutación.*

BENITA LA COSTURERA.—¡Alabado sea Dios!
MUCHAS VOCES.—¡Por siempre bendito y alabado!
BENITA LA COSTURERA.—¿No está Andreíña?
LA REBOLA.—Agora vuelve.
BENITA LA COSTURERA.—¿Dónde anda?
LA REBOLA.—Salió a un enredo.
BENITA LA COSTURERA.—Lo mismo tiene que seas tú. En un vuelo vas al horno de la Curuja... Es mandato del Señor Don Juan Manuel. Te llegas y dices que toda la hornada la traiga a la casona, que es para repartir entre los pobres... A luego, subiráse vino de la bodega y mataránse doce palomas en el palomar.

BENITA LA COSTURERA *se limpia los ojos enfermos con un trapo de hilo que trasciende a estoraque, y sale de la cocina. La hueste mendicante tiene un murmullo de gracias, en unas bocas tristes, y en otras bocas jocundo. Como un rezo en la boca llagada del leproso.*

ESCENA CUARTA

La capilla. DON FARRUQUIÑO *aparece en el presbiterio, sentado en un escaño con espaldar de viejo y noble velludo, orlado por grandes clavos de bronce. Enfrente se abre el arco de la tribuna, donde se sume la figura negra y bruja de* ANDREÍÑA.

ANDREÍÑA.—¡Toda estoy temblando, mi rey!
DON FARRUQUIÑO.—¿Te dijo el ciego lo que habías de hacer?

Andreíña.—Algo me dijo... ¡Mas los otros juraron segarme el cuello!

Don Farruquiño.—Busca la llave, y me la echas...

Andreíña.—No sé cómo lograrlo, pues la tiene el señor capellán.

Don Farruquiño.—Se la robas.

Andreíña.—¿Mas con qué engaño?

Don Farruquiño.—Cuando duerma. ¿Él se acuesta contigo o con la Rebola?

Andreíña.—¡Asús! ¡Qué picardías habla!... ¡Ciego había de estar para condenarse con la Rebola! ¡Y lo que es conmigo! ¡Asús! Llevo muchos años a cuestas, cuatro onzas y un doblón, para que me tienten los Diaños... No diga esas picardías, mi rey, que un día le sale una avispa en la lengua... Yo le serviré con toda voluntad en aquello que pueda, y cuantas llaves hay en la casona veré de traérselas, por si alguna abre.

Don Farruquiño.—Si no, tendré que salir poniendo fuego a la puerta.

Andreíña.—Yo veré de servirle... Mas luego no olvide la promesa que me hizo de tener a una de mis rapazas como su ama.

Don Farruquiño.—Ya te dije que si alcanzo un curato, me llevo a las dos.

Andreíña.—Tanto no pido. ¡Asús!

Se santigua la vieja encubridora, y el tonsurado segundón se pone en pie, y avizora hacia la puerta que comunica con la casona, una puerta pequeña en la sombra húmeda del muro de piedra, que rezuma. Se oye el rechinar de la llave. Don Farruquiño *se esconde en el rincón más oscuro, y espera. La puerta se abre, y una sombra se aparta para dejar paso al* Caballero. *Otra sombra negra y bruja, huye de la tribuna.*

El Caballero.—¿Señor capellán, por qué no está encendida la lámpara?

El Capellán.—Se habrá bebido el aceite alguna lechuza.

El Caballero.—Siento el volar de unas alas en esta oscuridad.

El Capellán.—Aquel ventanal tiene rotos los cristales, y como entra el viento pudo entrar la lechuza.

El Caballero.—Las alas que yo siento se abren dentro de mí.

Avanzan las dos sombras hacia el presbiterio. Sus pasos huecos, en la soledad de la capilla, tienen una vaga resonancia, y las palabras un misterio de sombra.

El Caballero.—¿Dónde está enterrada?

El Capellán.—Esta losa la cubre, señor.

El Caballero.—Es preciso que la levantemos, Don Manuelito. ¡Quiero verla!

El Capellán.—Nuestras fuerzas no bastan, señor.

El Caballero.—¡Piedra, piedra, levántate!

Don Juan Manuel se arrodilla ante la sepultura, y entenebrecido, y suspirante, reza en voz baja. El Capellán, en tanto, escudriña en la sombra con recelosa previsión. De pronto da una gran voz, grande y estentórea.

El Capellán.—¡Falta la lámpara!

El Caballero.—¡Trágame, tierra!

El Capellán.—No han sido lechuzas las que entraron aquí, fueron lobos!

El Caballero.—¡Ni una luz que alumbre tu sepultura, pobre Rusa! ¡Nada han dejado! ¡Rusa, pide por mí y por esos ladrones que bebieron la leche de tus pechos! ¡Son nuestros hijos, María Soledad!

El Capellán.—¡Y no han temido la cólera divina!

El Caballero.—¡Y tampoco temen la mía, Don Manuelito!

El Capellán.—¡El Señor pudo enviar sobre sus cabezas un rayo que los aniquilase!

El Caballero.—Yo pude enviarles un tiro.

El Capellán.—¡Son como fieras!

El Caballero.—Son lobeznos, hijos de lobo.

El Capellán.—El Señor Don Juan Manuel nunca ha sido como ellos.

El Caballero.—¡Yo he sido siempre el peor hombre del mundo! Ahora siento que voy a dejarlo, y quiero arrepentirme. La luz que ellos apagaron se enciende en las tinieblas donde el alma vivía, y para que mi linaje, donde hubo santos y grandes capitanes, no lo cubran mis hijos de oprobio, acabando en la horca por ladrones, les repartiré mis bienes y quedaré pobre, pobre de pedir por las puertas... Ahora probemos entre los dos a levantar la sepultura... ¡Quiero ver a mi muerta!... ¡Acaso me hable!

El Capellán.—Esos son delirios, Señor Don Juan Manuel.

El Caballero.—¡Piedra, levántate!

El Capellán.—¡Don Juan Manuel, somos viejos! Somos viejos y la vejez no tiene fuerzas. En otro tiempo no digo que no la hubiésemos levantado...

El Caballero.—Y ahora también.

El Capellán.—Somos viejos.

El Caballero.—Mayor peso llevo sobre los hombros.

El Capellán.—Y el que nunca se dobló, se dobla.

El Caballero.—Sí, me doblo, y sólo anhelo dejar la vida, Don Manuelito.

El Capellán.—Ya tuvo el consuelo de rezar sobre la sepultura... Vámonos de aquí... ¿Mas, qué ruido fue ese?...

El Caballero.—Conseguí mover la losa.

El Capellán.—¡Tiene los brazos de hierro!
El Caballero.—¡Me sangran las manos!
El Capellán.—Yo le ayudaré, señor. ¿Dónde hallaríamos algo con que apalancar?
El Caballero.—En esta oscuridad apenas se ve.

Recorre El Capellán *el presbiterio y la capilla. En el fondo oscuro, sus ojos sagaces descubren de pronto un bulto inmóvil, sin contorno ni faz, que simula la vieja escultura de algún santo. Se acerca más. Alarga una mano en las tinieblas, y antes de haber palpado, ya siente como un fulgor de adivinación. Es* Don Farruquiño.

El Capellán.—¡Ah!... Sacrílego, te había reconocido.
Don Farruquiño.—Silencio.
El Capellán.—¡No bastaba el saqueo de la casa!
Don Farruquiño.—Silencio... Hablaremos donde no esté mi padre.
El Capellán.—¿Cómo osaste tan impío latrocinio? ¿Cómo has entrado en este sacro recinto? ¡Habla!
Don Farruquiño.—Quise dar paz a mi conciencia.
El Capellán.—¡Con un sacrilegio!
Don Farruquiño.—Impidiendo que otros lo cometiesen. Sabía de cuánto mis hermanos son capaces, y entré aquí para impedirlo...
El Capellán.—¿Dónde están las alhajas de la capilla?
Don Farruquiño.—Ya habían sido robadas...
El Capellán.—¡No mientas, perverso!

El Caballero *desciende las gradas del presbiterio y avanza algunos pasos en la oscuridad de la capilla. La prócer figura, que tiene la vaguedad de un fantasma, parece crecer bajo la nave, y su voz resuena impregnada de grave tristeza, de una tristeza de patriarca y de guerrero. Los dos clérigos callan.*

El Caballero.—¿Por qué te escondes, mal hijo?
Don Farruquiño.—No me escondo, señor.
El Caballero.—¿Temes mi justicia?
Don Farruquiño.—Quien está sin culpa, nada teme.
El Caballero.—¡Has apagado la única luz que ardía sobre la sepultura de tu madre!
Don Farruquiño.—Si mi padre lo dice, será verdad.
El Caballero.—Eres solapado en las palabras como en las obras. ¡Defiéndete, al menos!
Don Farruquiño.—Dios Nuestro Señor ha elegido mi cabeza inocente para que sobre ella caigan las culpas de otros.
El Caballero.—A mí no puedes engañarme... Llega y ayúdame a levantar la sepultura... No tardaré en morir, y si tardase os faltaría paciencia para esperar... Porque no acabéis en la horca he pensado repartiros mis bienes. Me heredaréis en vida... Llega y ayúdame... Si tienes hijos, ellos me vengarán... Los votos no te impedirán tenerlos. Llega para que podamos levantar la losa.
El Capellán.—Vamos, alma de Faraón.
Don Farruquiño.—No reconozco a Don Juan Manuel.
El Capellán.—Tiene razón, cuando dice que va a morir.

Se llegan al presbiterio, se mueven vagorosos alrededor de la sepultura, tantean, se encorvan, y en silencio, con una rodilla en tierra, en un tácito acuerdo, comienzan a levantar la losa. Se les oye jadear. Cuando aparece el hueco negro, pestilente, húmedo, el viejo linajudo se inclina

*sobre él, y solloza con un sollozo sofocado y terrible de
león viejo. El hijo, con los ojos nublados de miedo, se
aparta.*

Don Farruquiño.—¡No puedo más!
El Capellán.—Temo que a tu padre le dé un arrebato de sangre.
El Caballero.—¡María Soledad, aquí estoy! ¡Háblame!
El Capellán.—Basta ya, señor...
El Caballero.—¡Quiero ver su rostro por última vez!

El Caballero *levanta la tapa del féretro y en la oscuridad de la cueva albean las tocas del sudario y destella la cruz colocada sobre el pecho, entre las manos yertas.*
El Caballero *se inclina, y un aire de húmeda pestilencia, que le hace sentir todo el horror de la muerte, pone frío en su rostro.*

El Caballero.—¡María Soledad, espérame!... Tienes los ojos abiertos y siento que me miras... Ahora me voy, pero vendré pronto y para siempre a tu lado... ¡Dios!... ¡Dios!... ¡Cativo Dios, por qué me llevaste a la Rusa!...

El Capellán *acude, y levanta el desfallecido cuerpo del* Caballero. *El hijo, más tardo por miedo o desamor, se acerca también y le ayuda. Casi en brazos le sacan de la capilla.* Don Juan Manuel, *en la puerta, los hace detener y se arrodilla.*

El Caballero.—¡Abierta queda mi sepultura!... ¡Maldito quien intente poner la losa antes de haber bajado yo a la cueva! ¡María Soledad, espérame!

ESCENA QUINTA

La alcoba donde murió Doña María. *En el fondo, bajo los cortinajes de damasco carmesí, que tienen algo de litúrgico, abandonada y fría aparece la cama antigua, de nogal tallado y lustroso.* Don Juan Manuel *está en el umbral de la puerta. Su hijo y* El Capellán *le sostienen. El rostro pálido y la barba de plata se sumen en el pecho.*

El Caballero.—Quiero morir aquí, en la misma cama donde murió aquella santa... He vivido siempre como un hereje, sin pensar que hay otra vida, y ahora siento una luz dentro de mí...
El Capellán.—Es la luz de la Gracia.
El Caballero.—Señor capellán, necesito la absolución de mis pecados para reunirme con mi mujer en el Cielo.
El Capellán.—Es menester que haga confesión de ellos.
El Caballero.—No tengo más que uno... ¡Uno solo que llena toda mi vida!... Haré confesión pública... Llamad a los criados... Que acudan todos... ¡Criados de mi casa!... ¡Hermanos que llegasteis aquí conmigo!... ¿Dónde estáis? ¡Quiere hacer confesión ante vosotros Don Juan Manuel Montenegro! ¿Dónde estáis? ¡Llegad todos!

El hijo y El Capellán *se interrogan con una mirada. En sus ojos asoma el mismo pensamiento, y se dicen si no ha pasado sobre ellos, en aquellas palabras, una ráfaga de locura. Los criados y los mendigos van llegando de la cocina con un rumor lento, ojos de susto, gesto de misterio, y se detienen sobre el umbral de la puerta.*

ALGUNAS VOCES.—¡Ave María Purísima!

EL CABALLERO.—¡Cavada tengo la sepultura! He visto en mi camino a la muerte y están marcadas mis horas... Cuando echéis el cuerpo a la tierra, volved a poner la losa que han alzado mis manos, pero antes no. ¡Maldito sea quien lo intente!... Tú, mal hijo, no finjas dolor... Lleva a los otros la noticia, y celebradla juntos en la cueva de los ladrones, en el cubil de un lobo, donde nadie os vea. Cuanto era mío, mañana será vuestro, y el cuerpo que será de los gusanos, tendrá más noble destino... No lloréis vosotros, criados y hermanos míos, que estas puertas las hallaréis siempre francas, y, aunque fría, siempre sentiréis mi mano tendida hacia vosotros. ¡No dejo otra manda para que mis crímenes me sean perdonados, y he de alzarme de la sepultura si no fuese cumplida! No lloréis y haced silencio, que quiero confesar mis pecados al señor capellán de mi casa. No tengo más que un pecado. ¡Uno solo que llena toda mi vida!... He sido el verdugo de aquella santa con la impiedad, con la crueldad de un centurión romano en los tiempos del emperador Nerón... Un pecado de todos los días, de todas las horas, de todos los momentos... No tengo otro pecado que confesar... La afición a las mujeres y al vino, y al juego, eso nace con el hombre... Pecado grande es haber sido verdugo de un alma y haber puesto en ella garfios encendidos en las hogueras del Infierno. ¡Los garfios que en las carnes de los condenados clava Satanás!... Y ahora me arrodillo para recibir la absolución... Señor capellán, la absolución, y la tuya también, mal hijo, ya que tienen esa gracia tus manos impuras. Absolvedme y después clavad esa ventana, clavad esa puerta, dejadme aquí como en un pozo, solo, para morir.

EL CAPELLÁN *traza una cruz con su diestra sobre la cabeza del viejo linajudo, y el murmullo de los rostros aldeanos y mendigos, resplandeciente de fe, se eleva en una grave onda.*

ESCENA SEXTA

Sobre la encrucijada de dos caminos aldeanos, un campo de yerba humilde salpicada de manzanilla, donde hay un retablo de ánimas entre cuatro cipreses. Es paraje en que hacen huelgo los caminantes, y rezan las viejas, anochecido. Don Rosendo, Don Mauro y Don Gonzalito *descansan al pie de los cipreses, con los caballos del diestro. Más lejos un mozo aldeano deja pacer la yunta de sus vacas, y a lo largo de los caminos, que se pierden entre verdes y sonoros maizales, trotan cabalgadas de chalanes que van de feria, y cruzan, graves y procesionales, viejos vestidos de estameña, con sus grandes bueyes de cobre lucientes, hermosos como ídolos, con verdes ramos de roble en las testas.*

Don Mauro.—¿Dónde se habrá metido el clérigo?
Don Rosendo.—En casa de alguna moza.
Don Mauro.—A Pedro son muchos los que le han visto pasar solo. ¿Cómo se habrán separado?
Don Gonzalito.—Reñirían al repartirse lo que nos robaron.
Don Rosendo.—¡Lástima que no se matasen!
Don Mauro.—Hay que volver por allá...
Don Gonzalito.—Si ellos no nos ganan la mano.
Don Mauro.—¡Haber olvidado la capilla!
Don Rosendo.—Cuando se tiene una pena no se está para recordar...
Don Gonzalito.—¡Pobre madre! Ella acudía a todos, y teníamos un amparo... ¿Pero ahora qué será de nosotros?... Hemos amargado sus últimos momentos con nuestras disputas. ¡Somos como fieras!
Don Mauro.—Lo hicimos de obligados. Si no lo hacemos, los otros bandidos nos dejan sin una hilacha.

Don Gonzalito.—Pero es triste.
Don Mauro.—Sí, lo es.

Por un momento los tres hermanos quedan silenciosos. Una tropa de chalanes llega y descabalga para descansar a la sombra de los cipreses, dejando libres los jacos en el verde y oloroso campo, que cruzan aquellos caminos aldeanos por donde se pierden huestes de mujerucas, viejas y mozas, que van al molino con maíz y con centeno. Los chalanes son siete: Manuel Tovío, Manuel Fonseca, Pedro Abuín, Sebastián de Xogas *y* Ramiro de Bealo *con sus dos hijos.* Oliveros, *el mayor, tiene el noble y varonil tipo suevo de un hidalgo montañés. La barba de cobre, los ojos de esmeralda y el corvar de la nariz soberbio, algo que evoca, con un vago recuerdo, la juventud putañera de* Don Juan Manuel Montenegro. *Allá, en su aldea, la madre y el hijo suelen enorgullecerse de aquella honrosa semejanza con el* Señor Mayorazgo. *Y* Ramiro de Bealo *ha conseguido por ello que el viejo linajudo le diese en parcería cuatro yuntas, y en aforo las tierras de Lantañón.*

Los Chalanes.—¡Santos y buenos días!
Los Segundones.—¡Santos y buenos!
Ramiro de Bealo.—¿El señor Don Mauro camina para su casa de Bealo?
Don Mauro.—Para allá se camina.
Ramiro de Bealo.—¿Tornan del entierro de la señora mi ama, que goce de Gloria?... ¡Dios les otorgue su santa conformidad!... ¿Por allá verían a la parienta? Cuando salimos para la feria, díjonos que tenía determinado acudir. ¡Por allá la verían! Nós hubiéramos cumplido como ella, de no hallarnos con un buey escordado, sin yunta para labrar la tierra... Si Dios nos mantiene con

vida y salud, el domingo bajaremos a la villa para oír una misa y saludar al Señor Don Juan Manuel.

Don Mauro.—Pues yo os digo que en la casa de mi padre hacéis vosotros la misma falta que los canes en la de Dios. Eso os digo.

Don Gonzalito.—Harto habéis ordeñado esa vaca, y no penséis que por ser muerta mi madre...

Oliveros.—Pues allá iremos, sin contar con su venia.

Ramiro de Bealo.—¡Calla, rapaz! No muevas pleitos.

Oliveros.—Hablo aquello que bien me parece, mi padre.

Don Rosendo.—¡Lo malo será que te arranquen la lengua!

Oliveros.—La defienden los dientes.

Ramiro de Bealo.—Ten miramiento, rapaz.

Don Rosendo.—Defensa de mujer.

Oliveros.—Y de lobo.

Don Mauro.—¡No te los haga yo dejar clavados en la tierra!

Oliveros.—¡Mucho hablar es!...

Don Gonzalito.—Si los quieres bien, no los saques al aire.

Oliveros.—¡Mírenlos!

Oliveros *muestra los dientes albos, jóvenes, fuertes, con un gesto lleno de violencia, que recoge los labios y los estremece con sanguinaria y primitiva fiereza.*

Don Mauro.—¡Dientes de hambre, no asustan!
Oliveros.—¡Hambre de morder!
Don Gonzalito.—Un mendrugo.
Don Rosendo.—¡Cadelo sarnoso!
Oliveros.—De su sangre me vendrá la sarna.

RAMIRO DE BEALO.—Rapaz, ten miramiento, que son más que tú.
OLIVEROS.—A ustede, tócale callar, mi padre.
RAMIRO DE BEALO.—Que ellos son caballeros, rapaz.
OLIVEROS.—De la nobleza que vengan, vengo yo.
DON ROSENDO.—Por detrás de la Iglesia no hay nobleza, sino hijos de puta.
DON MAURO.—Tú siempre serás el hijo de un cuerno de Ramiro de Bealo.
OLIVEROS.—Ni de puta ni de cabrón soy nacido, ni nunca dos veces me lo dijeron.

El mozo chalán adelanta hacia los segundones blandiendo la luenga pica con que acucia y guía su vacada por llanos y veredas. Los otros chalanes, en bandería, se ponen a su lado, y la tropa de villanos cerca a los segundones.

DON MAURO.—¡Para mí, tres!
SEBASTIÁN DE XOGAS.—¡Allá va uno con quien será bastante!
DON ROSENDO.—¡No cejes, Gonzalo!
OLIVEROS.—¡Miren estos dientes!...
RAMIRO DE BEALO.—¡Rapaz, que me matan!... ¡Acude aquí!...
DON MAURO.—¡Para mí, tres!

El segundón lanza su grito en medio del campo, como un gigante antiguo, desnudo y vencedor. A sus pies, con la cabeza abierta, muerden la yerba SEBASTIÁN DE XOGAS *y* PEDRO ABUÍN. *Los otros segundones casi sucumben bajo la acometida de todos los chalanes unidos.*

DON GONZALITO.—¡Siete contra tres!... ¡Miserables!
DON ROSENDO.—¡Como si fuesen setenta!
OLIVEROS.—¡Yo para uno solo!

El mozo, siempre blandiendo su pica, va sobre Don Mauro. *El bastardo y el segundón se miran frente a frente:* Oliveros *pálido por el ansia de la pelea, estremecido con el deseo del vencimiento, y el segundón, fuerte, soberbio, con la cabeza desnuda y las manos rojas de sangre, como el héroe de un combate primitivo en un viejo romance de Castilla.*

Oliveros.—¡Ahora verás si son buenos los hijos de puta!
Don Mauro.—¡Para mis galgos ha de ser tu lengua!

Se acometen los dos: El chalán blande su pica, y el segundón, con arrogante brío, sigue clavándole los ojos, puestas en alto las manos ensangrentadas, para guarnecer su cabeza desnuda. Restalla el golpe. Entre las manos del segundón queda la pica, que vuela por los aires, luego partida en dos. La lucha continúa brava, bella, rugiente. Los caballos, asustados, huyen arrastrando las riendas, y allá lejos, en medio de los caminos, relinchan. Manuel Tovío, Manuel Fonseca, Ramiro de Bealo *y el menor de sus hijos acosan en cerco a* Don Gonzalo *y* Don Rosendo. *De pronto, entre el restallar de las picas sobre los cráneos y el cóncavo tundir de los puños contra los pechos, se levanta, como el claro canto de un gallo, el grito de* Don Mauro.

Don Mauro.—¡Para mí, tres!
Don Rosendo.—¡Ánimo, hermanos!
Don Gonzalito.—¡Ánimo!

Como una ráfaga, la hueste de chalanes siente el triunfo de los segundones. En un tácito acuerdo comienzan a cejar, sin vergüenza de ser vencidos por aquellos tres hidalgos. —¡Que para eso son hidalgos y señores de torre!— OLIVEROS, *en tierra, de cara contra la yerba, ruge, sofocado por las manos del hercúleo segundón. El grito de* DON MAURO *es un claro clarín.*

DON MAURO.—¡Para mí, tres!

JORNADA TERCERA

ESCENA PRIMERA

Un rincón en la iglesia de Flavia-Longa. Llega como mosconeo la voz desentonada y gangosa del abad, un exclaustrado sordo, que guía las Cruces en la Capilla de Jesús Nazareno. Una mujeruca del pueblo, que lleva el manteo a modo de capuz, suspira al terminar sus rezos y besa la tierra con la lengua. Es muy vieja, toda arrugada, con ese color oscuro y clásico que tienen las nueces de los nogales centenarios. Atraviesa la nave, y el lento arrastrar de sus madreñas cuenta sus años. Aquella mujeruca sirve desde niña en la casa de DON JUAN MANUEL MONTENEGRO: *Es* MICAELA LA ROJA, *que conoció a los difuntos señores cuando entró de rapaza de las vacas, por el yantar y el vestido. Ahora camina apoyada en un palo. Renqueando entra en una capilla con puerta de hierro, toda tristeza y herrumbre, y se acerca a una mujer que reza. Es* SABELITA, *que fue otro tiempo barragana del* CABALLERO. *Con las cabezas juntas hablan quedo en aquella sombra húmeda que parece destilar oraciones, y dos velas se consumen en el altar, dos velas rizadas y pintadas como dos madamas.*

La Roja.—¡Dábame mi alma que aquí la toparía!
Sabelita.—No te ha engañado.
La Roja.—Cuando remate sus obligaciones, tiene de venirse conmigo.
Sabelita.—¿Adónde?
La Roja.—A la casona.
Sabelita.—Roja, no quiero verlos más, ni al padre ni a los hijos...
La Roja.—A los rapaces, no digo... Mas al señor mi amo fuerza es que le vea. Cordera, por ese mor vengo procurándola. Está el cuitado como adolecido desde que tuvo el primer anuncio, que fueron las luces de la Santa Compaña.
Sabelita.—¿Vio a la Santa Compaña?
La Roja.—Sí la vio... Era una hueste muy luenga de ánimas en pena, todas vestidas de blanco. Pareciósele de noche en el Campo de la Iglesia.
Sabelita.—¡Allá, en Viana!
La Roja.—¡Y en la misma hora que dejaba el mundo Dama María!... El marinero con la carta llegó después... Don Galán bajó conmigo a franquealle la puerta.
Sabelita.—¿Vosotros vinisteis con Don Juan Manuel?
La Roja.—Nosotros vinimos por tierra. ¡Ay, cuidé de no llegar! El señor mi amo, embarcó solo en la barca que luego fue náufraga.
Sabelita.—¡Qué desgracia tan grande! Recemos una Salve por el descanso de esos pobres marineros ahogados.
La Roja.—Estaba de Dios que ellos pereciesen y que el amo se salvase.

Las dos rezan a media voz, con un bisbiseo devoto y confuso, que se junta en las sombras de la capilla al chis-

porroteo de las velas. Las dos inclinan las cabezas y ponen en blanco los ojos para poder alzarlos al altar, desde donde responde a su mirada, la mirada extática de una Dolorosa. El parpadeo de las luces da una apariencia de vida al cerco amoratado de aquellos ojos, a la boca dolorida, a las mejillas con dos lágrimas de cristal. SABELITA *y la vieja se santiguan al terminar su rezo.*

LA ROJA.—Pronto cerrarán la iglesia. ¡Vámonos!
SABELITA.—Yo, no...
LA ROJA.—Es una obra de caridad que acuda a llevarle un consuelo.
SABELITA.—Tú sabes que no puede ser...
LA ROJA.—Agora es solamente un pecador arrepentido.
SABELITA.—¿Qué dice?
LA ROJA.—Con nadie habla y a nadie quiere ver. Encerrado en la alcoba donde murió la santa, se oyen sus pasos, que vienen y que van... Cuando alguien se acerca requiere la escopeta y amenaza con matarle.
SABELITA.—¿Tú no le has visto?
LA ROJA.—No, cordera. Su pensamiento es dejarse morir de hambre.
SABELITA.—¿Y qué puedo hacer?
LA ROJA.—Venir a suplicarle.
SABELITA.—No oirá mi voz.
LA ROJA.—Es la sola que oirá... ¡No puede ser que le deje morir solo, como un can!
SABELITA.—¡Yo no sé qué hacer!
LA ROJA.—¿Qué le dice su corazón?
SABELITA.—¡Me dice tantas cosas encontradas!
LA ROJA.—¿Y ninguna grita más fuerte?
SABELITA.—¡Ah, sí!

La Roja.—¿Por qué no obedece esa voz?
Sabelita.—¡Temo el pecado!...

Sabelita se santigua, y la rosa marchita de su boca se estremece con el murmullo de un rezo. Sus ojos se clavan en el altar, y las dos velas que lloran sin consuelo sobre las arandelas de cristal, al alma llena de supersticiones milenarias le fingen dos mujeres desnudas que se consumen en llamas, no sabe si las del pecado, si las del infierno. Un viejo de guedejas blancas cruza la iglesia agitando algunas llaves en manojo.

La Roja.—Vámonos, cordera, que ya San Pedro anda tocando los fierros.
Sabelita.—Vámonos...
La Roja.—¿No le acordó una resolución la Santísima Virgen?
Sabelita.—No.
La Roja.—¿Sigue batallando con sus dudas?
Sabelita.—¡Ay, Jesús!

Salen ae la iglesia. En el cancel esperan las viudas de los náufragos para tratar del entierro con el señor abad. Es un grupo de mujeres que huelen a marinada, con los ojos encendidos y las greñas flojas, con los vestidos húmedos, pardos, de una tristeza salobre, restos de otros lutos.

La Roja.—El Señor Don Juan Manuel dispuso que se diese a cada viuda una carga de maíz. ¡Fue la sola cosa que habló!
Sabelita.—¡Vamos allá!
La Roja.—¡Dios te lo premiará, mi hija!

ESCENA SEGUNDA

Una antesala en la casona. ANDREÍÑA *hila y otros criados desgranan maíz, a la redonda de una cesta colmada de mazorcas. Hablan en voz baja, atentos a los pasos que vienen y van en la alcoba donde murió la señora ama. La puerta está cerrada, y de tiempo en tiempo alguno de los criados se acerca sin ruido y escucha. Los otros callan contemplándole, y cuando se les junta, otra vez comienza el cálido susurro de la conversación. Y el rumor de los pasos que vienen y van parece marcar todos los gestos y todas las actitudes de aquellos criados que desgranan mazorcas en la antesala oscura.*

ANDREÍÑA.—¡Tal como agora veis, de día y de noche!...

EL RAPAZ DE LAS VACAS.—¡Por la noche se oían sus lamentos!...

LA RECOGIDA.—¡Una voz de desespero que llenaba toda la casa!

ANDREÍÑA.—¡La voz del enemigo que tenía en el cuerpo, y turraba por salir!...

LA REBOLA.—¡Ave María!

DON GALÁN.—¡Ahí lo tenéis arrepentido como un fraile, por lo mucho que hizo sufrir a la señora ama!

LA REBOLA.—¿Y dejárase morir de hambre?

DON GALÁN.—Antes rabiará.

LA REBOLA.—¡Ni que fuera can!

EL RAPAZ DE LAS VACAS.—¡Tengo dolidas las manos! ¿Desgrana bien ese carozo, Rebola?

LA REBOLA.—Hace él solo la labor.

EL RAPAZ DE LAS VACAS.—Yo no atopo uno bueno.

LA REBOLA.—Este lo tuve en el lar, por mor que endureciese.

Don Galán.—Si me lo regalas, te doy palabra de casamiento.

Andreíña.—¿Y ha de ser ella quien te dé el carozo?

El Rapaz de las Vacas.—¡Nunca tal vi, ser la mujer quien lleve el carozo!

Don Galán.—Así juntábamos dos. ¡No tenéis oído que cuanto más, más gracia de Dios!

Andreíña.—¡Gran maricallo!

Doña Moncha entra en la antesala, y los criados al verla, callan, aparecen graves, con algo de sombras en la vastedad de aquella antesala oscura. No se distinguen los rostros, son los ademanes de una rara lentitud y las figuras parecen vestir túnicas de niebla.

Doña Moncha.—¿Se oyen sus pasos?
Andreíña.—Sí, señora.
Doña Moncha.—¡No descansa!...
Don Galán.—¡Tiene un verme que le roe y no le deja!
Andreíña.—¡Como si estuviese ya difunto, róele un verme!

Se acerca Doña Moncha *a la puerta y escucha. Los pasos se alejan. Espera. Los pasos retornan ya.* Doña Moncha *pulsa tímidamente en la puerta. Todos callan y esperan.*

Doña Moncha.—¡Tío!... ¡Tío!... ¡Que se está matando!... ¡Tío!... ¡Tío!... ¡Que es un pecado lo que hace! ¡Tío!... ¡Tío!...

Andreíña.—¡No contestará!

El Rapaz de las Vacas.—¡Hállase firme en dejarse morir de hambre!

Don Galán.—¡Está adolecido!... ¡Tiene el alma ausente!...

Sin ruido, lentamente, Doña Moncha *se aparta de la puerta y se sienta entre los criados a desgranar espigas. Se oye alguna voz apagada, y el alarido del viento, y las pisadas que vienen y van. Desgranada una cesta de mazorcas, traen otra. En la antesala vaga ahora una sombra negra, la sombra del* Capellán.

El Capellán.—Los pasos no dejan de oírse ni de día ni de noche.
Doña Moncha.—¡Ni de día ni de noche!
El Capellán.—¡Concluirá por enloquecer!
Doña Moncha.—¡Enloquecido está ya!
El Capellán.—¡No debíamos dejarle!
Doña Moncha.—¡Pobres de nosotros, qué podremos hacer!... Yo tiemblo cuando me acerco a esa puerta.
Don Galán.—¡Tiene un verme que le roe!
Andreíña.—¡Como si estuviera ya difunto, cómele, cómele!...

El Capellán *se acerca a la puerta y pulsa con los artejos. Espera un momento, y como ninguna voz responde, vuelve a pulsar. Los pasos vienen y van.*

El Capellán.—¡Señor Don Juan Manuel!... ¡Señor Don Juan Manuel!... ¡Dios nos manda tener valor! Debemos conservar la existencia como un don precioso, y amarla a pesar de sus espinas...
Andreíña.—¡No responderá!
La Recogida.—¡Es como un rey, y a nadie escucha!

La sombra del clérigo vuelve a vagar por la antesala. Los criados comentan en voz baja, graves, lentos, reunidos a la redonda de la cesta llena de mazorcas, y sus voces supersticiosas parece que van en la oscuridad, de un misterio hacia otro misterio. Y los pasos vienen y van.

ANDREÍÑA.—¡Y así día y noche!
LA RECOGIDA.—¡No descansa!
DON GALÁN.—¡Ya tendrá su descanso, y qué luengo será!
LA RECOGIDA.—¡Para siempre!
EL RAPAZ DE LAS VACAS.—¡No escucha ninguna voz!
ANDREÍÑA.—¡Ya escuchará la de Nuestro Señor!
LA RECOGIDA.—¡Esa todos los nacidos la escuchamos!
ANDREÍÑA.—¡Es más fuerte que el huracán!
EL RAPAZ DE LAS VACAS.—¡Y más que los truenos!
DON GALÁN.—¡Y más que el broar de la mar!
LA RECOGIDA.—Esta noche no dejó de oírse la mar de Corrubedo.
LA REBOLA.—¡Dicen que se oye en la redondez de quince leguas!
ANDREÍÑA.—¡En toda la redondez del mundo óyese la voz de Nuestro Señor!

Cesa de pronto la glosa de los criados que hacen rueda desgranando mazorcas. ARTEMISA LA DEL CASAL, *moza blanca y rubia, briosa y rozagante, con manteo cercado de velludo y capotillo mariñán, acaba de aparecer en el umbral de la antesala. Se la tiene por hija bastarda del* CABALLERO. *Trae de la mano un niño de ojos picarescos, que se tambalea sobre los zuecos blancos, que muestran no haber pisado la tierra. Un tirante amarillo cruza el pecho del rapaz con la prosapia de una banda y sujeta el calzón de pana, que no llega a los zuecos. En una mano sostiene el gorro catalán, que aún tocaba su cabeza al aparecer en la antesala, y en la otra estruja una rana viva.*

ARTEMISA.—¡Santas y buenas noches! Saluda, Floriano.

El Niño.—¡Bendito y alabado sea el Santísimo Sacramento del Altar!...

Artemisa.—Besa la mano al señor capellán. Besa también la mano a Doña Moncha.

Doña Moncha.—¿Qué os trae?

Artemisa.—Saber si ha tenido mudanza el señor.

El Capellán.—Parece resuelto a dejarse morir.

Artemisa.—¡La Santísima Virgen de Gundarín no lo permitirá!

Andreíña.—¿Y si lo quiere así la Santísima Virgen?

Don Galán.—¡Tópanse con gana de pleitos en el Cielo!

Artemisa.—Todo el día estuve con cuidado, y el pequeño como sentíame suspirar, habían de ver qué consuelos me daba. ¿Y sigue de la misma conformidad el señor?

Doña Moncha.—De la misma.

Artemisa.—¿Por qué le dejan así? Acabará por subírsele toda la sangre a la cabeza.

Doña Moncha.—Háblale tú a ver si te responde. ¡Yo tiemblo de acercarme a esa puerta!

Artemisa la del Casal se acerca a la puerta con el niño de la mano. En la alcoba los pasos vienen y van, obstinados y extraños como el pensamiento de los locos. Artemisa atiende algunos momentos.

Artemisa.—¡Pasea en la oscuridad!

El Capellán.—Al entrar en la alcoba, mandó clavar las ventanas.

Artemisa.—¡Señor!... ¡Señor!... ¿Ya no me conoce? ¡Soy Artemisa!... ¡Señor, franquee la puerta! ¡Por el alma de aquella santa! ¡Señor, que soy Artemisa!

Las pisadas que vienen y van dejan de oírse y la puerta se abre con estrépito. En el umbral, sobre el fondo oscu-

ro de la alcoba, aparece la figura de DON JUAN MANUEL MONTENEGRO. *Tiene un fulgor de cólera en las pupilas, en las manos de marfil añoso la escopeta, y su barba se derrama sobre el pecho, trémula y blanca.*

EL CABALLERO.—¡Será preciso que mate a uno! ¡No me dejaréis morir en paz!... ¡Malditos todos, que llegáis a esta puerta y no respetáis mi dolor! ¡Yo también seré maldito, porque vosotros no me dejáis morir arrepentido! ¡Mis horas están contadas!... ¡Tengo ya la sepultura abierta! ¡Dejadme! ¡Toda la noche han aullado los perros!... ¡Cierro los ojos para morir, y vuestras voces me despiertan!... ¡Sois como las hienas, que desentierran a los cadáveres!... ¡Tendré que mataros!... ¡Dejadme, hienas y lobos y escorpiones!... ¡Dejadme que muera y que la tierra caiga a puñados sobre mis ojos!...

El viejo linajudo atraviesa la antesala y huye por el largo corredor lleno de resonancias. Todos se miran en silencio, con ojos de susto, y se acercan, uno a uno, al umbral de la alcoba que hiede a muerte. Allí agrupados dudan de entrar, como si continuasen oyendo aquellos pasos obsesos y viesen la sombra, en la sombra ir y venir.

ARTEMISA.—¡Espanto en el alma me pusieron sus palabras!
DOÑA MONCHA.—¡Son bien de espantar!
LA RECOGIDA.—¡Quiere morir!
ANDREÍÑA.—¡Y buscará la muerte!
ARTEMISA.—¡Y condenará su alma!
LA RECOGIDA.—¡Adónde irá!
DON GALÁN.—¡Si no le temiere, iría tras él!
EL CAPELLÁN.—¡No acosemos al león!... Si nuestros ojos no pueden seguirle, que le sigan nuestras oraciones.

EL CAPELLÁN *pasea la estancia de uno a otro testero, con un murmullo de rezo, y los criados, reunidos a la redonda de la cesta colmada de mazorcas, hablan en voz baja. De pronto se oyen pisadas de caballos refrenados ante el portón.*

DOÑA MONCHA.—¿Qué será en tal hora?
EL CAPELLÁN.—Los lobos que bajan del monte. ¿Quiénes pueden ser sino los hijos?...
DON GALÁN.—Llegan para repartirse la herencia.
ARTEMISA.—¡Pronto tuvieron noticia!
DON GALÁN.—¡Alguna bruja!
ANDREÍÑA.—¡De hoy son nuestros amos!

ESCENA TERCERA

DON JUAN MANUEL MONTENEGRO *cruza una y otra calle, calles angostas asombradas por altas tapias, sobre las cuales ya se derrama una higuera, ya descuella un ciprés. ¡Viejas calles de una vieja villa feudal, con iglesias, con caserones, con huertos conventuales! De los negruzcos aleros gotea la lluvia, y en las angostas ventanas que se abren debajo asoma el contorno de un gato, alguna rara vez.*

EL CABALLERO.—¿Dónde esperar la muerte sin que me acosen con sus voces?... ¿En qué oscura cueva de lobo o de león iré a esconderme?... ¡No hallo paz en la vida! ¡Fui pastor de lobos y ahora mis ganados me comen! ¡Engendré monstruos y estoy maldito! ¿Por qué de aquel vientre de mujer santa salieron demonios en vez de ángeles con alas? ¡Estaba maldito el sembrador! ¡Estaba maldita la simiente! ¡Muerte, no tardes! ¡Sácame de este pozo de sierpes y dame a tus gusanos!... ¡Que me coman tus hijos, pero no los míos! ¡Muerte, no tardes! ¡Dios, si por mis pecados no me quieres, deja que me arrebate Satanás!

El Caballero cruza ante dos mujeres que se asustan del encuentro. Pasa sin verlas y solamente se detiene cuando le llaman con plañideros gritos. Entonces reconoce a la vieja criada y a Sabelita.

La Roja.—¿Señor mi amo, adónde camina en esta hora?
Sabelita.—¡Don Juan Manuel! ¡Madre de Dios!
La Roja.—¿Señor, adónde camina con la blanca cabeza descubierta a la lluvia?
El Caballero.—¿De qué infierno habéis salido? ¿Por qué me detenéis? ¿Por qué me habláis cuando huyo de vuestras voces?... ¿Isabel, qué me quieres? ¡Me abandonaste un día y ahora vuelves a mí, acompañada de una bruja! ¿De qué infierno sales, Isabel? ¿Cuál es tu nombre ahora?
Sabelita.—¡Soy Isabel, señor!...
El Caballero.—¡El Demonio no te llama Isabel!... ¡El Demonio te llama voz de mentira, cuervo de ingratitud, sierpe de hipocresía, brasa de lujuria! ¡Sólo la santa de quien fuimos verdugos te llama Isabel! ¡Ay, para ella todos éramos sus hijos!... ¡Pero Satanás no tiene en los labios el amor de aquella boca ya muda!... ¡Isabel, tú para mí te llamas remordimiento, y esa bruja, bruja!

Desaparece El Caballero *en la sombra. Las dos mujeres, asustadas, no se atreven a seguirle. Por algunos momentos se oyeron pasos en la soledad de la calle. ¡Huecos y resonantes pasos!* El Caballero *baja a la playa. El viento bordonea en el mar.*

El Caballero.—¡Mar, tus olas no se abrieron para tragarme!... ¡Quisiste aquellas vidas y no quisite la mía!

¡Si me tragases, mar, y no arrojases mi cuerpo a ninguna playa! ¡Si me sepultases en tu fondo y me guardases para ti!... ¡No me quisiste aquella noche, y soy más náufrago que esos cuerpos desnudos que bailan en tus olas!... ¡Tengo la pobreza y la desnudez y el frío de un náufrago! ¡No sé adónde ir!... ¡Si la muerte tarda, pediré limosna por los caminos!... ¡Y el mar, aquella noche, pudo caer sobre mi cuerpo, como la tierra de la sepultura, y no me quiso!... ¡Ya soy pobre! ¡Todo lo he dado a los monstruos! ¡Mi alma en otra vida, aquella vida de que huyo, también fue un mar, y tuvo tempestades, y noches negras, y monstruos que habían nacido de mí! ¡Ya no soy más que un mendigo viejo y miserable! ¡Todo lo he repartido entre mis hijos, y mientras ellos se calientan ante el fuego encendido por mí, yo voy por los caminos del mundo, y un día, si tú no me quieres, mar, moriré de frío al pie de un árbol tan viejo como yo! ¡Las encinas que plantó mi mano no me negarán su sombra, como me niegan su amor los monstruos de mi sangre!...

A lo largo de la playa bajan tres negras figuras. Sobre sus hombros se alarga un palo, que allá en su extremo parece levantar hacia la luna en dos cuernos, la dentadura de una vieja. Las tres figuras negras van delante del Caballero. *De tiempo en tiempo se detienen, y sobre las olas crestadas de espuma alargan sus varales, y los dientes de bruja que se abren al extremo desaparecen sepultos en el mar.* El Caballero *pasa por entre aquellas figuras, que, asombradas, le reconocen. Son tres mendigos que en las noches de resaca catean por la playa buscando los tesoros de un naufragio. El viejo linajudo también reconoce aquellas sombras.* El Morcego, *la coima y un loco que se llama* Fuso Negro.

El Caballero.—¿Qué trasgo o qué bruja os ha convocado aquí?

Fuso Negro.—La luna...

La Mujer del Morcego.—Buscamos los tesoros de una gran nave que venía no se sabe de dónde...

El Morcego.—Un gran bergantín, que naufragó en la mar de Corrubedo.

La Mujer del Morcego.—Pudiera suceder que las olas tuviesen más caridad que algunos corazones, y esta noche nos arrojasen alguna cosa, remedio de nuestra pobreza.

El Caballero.—¡Las olas no tienen caridad!

La Mujer del Morcego.—Para muchos la tuvieron...

El Morcego.—Y no hay otra playa como esta, adonde salgan tantas tablas de navíos.

La Mujer del Morcego.—Y por veces cosas de gran riqueza...

Fuso Negro.—Plata fina, y joyas...

El Caballero.—¡Y también algún ahogado comido de los peces!

Fuso Negro.—Hace años salió el cuerpo de un rey con su corona de oro y pedrería... Traíala tan bien puesta, que no se le pudo arrancar y fue menester cortarle la cabeza...

El Caballero.—¡Con cuántos náufragos no habrá hecho lo mismo vuestra codicia!

Fuso Negro.—Aquél era un rey de morería. La sangre que le manaba del cuello era negra.

El Caballero.—Si yo hubiera naufragado aquella noche, vosotros también habríais segado mi cabeza, aun cuando no llevase una corona. Se la venderíais a mis hijos y os la pagarían bien.

La Mujer del Morcego.—¡No diga tal, señor!

Fuso Negro.—Se la presentaríamos en una fuente de plata cuando estuviesen sentados a la mesa.

El Caballero.—Y se la comerían como un rico manjar.

Fuso Negro.—Don Pedrito diría: ¡Yo quiero la lengua! Don Gonzalito diría: ¡Yo quiero los ojos! ¡Y cómo le habían de chascar bajo los dientes!

El Caballero.—¡Y se matarían disputándoselos!

Fuso Negro.—Los huesos serían para los canes.

El Caballero.—Los canes no comen a los amos.

La Mujer del Morcego.—¿Y pueden los hijos comer a los padres, mi señor?

El Caballero.—¡A mí me comieron el corazón!

Fuso Negro.—Aun cuando lo arrancaren del pecho con los dientes, vuelve otro a nacer. Retoña como un verde laurel... ¡No hay que tener miedo!

La Mujer del Morcego.—Sólo lo come de raíz, el verme de la muerte. En tanto dure la vida, es como una fontela donde todos acuden a beber y nadie la seca.

El Morcego.—Una fontela tiene agua para todas las sedes.

El Caballero.—¿Y no habéis visto fuentes secas?

El Morcego.—En tiempo de calores.

La Mujer del Morcego.—Mas aquéllas habíalas secado el sol, y no la boca de un sediento.

Fuso Negro.—Los lobos que quieren beberse toda el agua de las fuentes, mueren como odres reventadas.

El Caballero.—¿Por qué habéis dicho que el corazón es como una fuente? En las fuentes se envenenan las aguas, y mueren los que beben de ellas...

El Morcego.—¡También el corazón tiene su ponzoña!

El Caballero.—Pero no la vierte en las bocas que le muerden, sino que la recibe de ellas.

Fuso Negro.—El corazón es como la niña del ojo. Adonde mira, aquello tiene en el fondo. Unas veces fuentes, y otras roquedo... Unas veces los dientes arregañados de un lobo, y otras un resplandor.

El Caballero.—¿Por qué dirán que estás loco, Fuso Negro?

La Mujer del Morcego.—Dícelo él, por no trabajar.

Fuso Negro.—Lo dicen los rapaces por poder tirarme piedras. En todas las villas tiene de haber un loco y un mayorazgo.

El Morcego.—Ya baja la marea. Hoy las ondas no quisieron hacer nuestra suerte.

La Mujer del Morcego.—¡Si la hace con una limosna el Señor Mayorazgo!...

El Caballero.—He llegado a ser tan pobre como vosotros. Si no tuviese abierta la sepultura, tendría que ir en vuestra caravana por los caminos, mendigando el pan. La muerte ya marcó mis horas, y para poder morir en paz, he abandonado a mis hijos todo cuanto tenía.

La Mujer del Morcego.—¿Y adónde va en esta noche?

El Caballero.—Ya os dije que voy a morir.

La Mujer del Morcego.—La muerte viene sin que la llamen. ¡No la busque, que es muy grande pecado, señor!

El Caballero.—No la busco... ¡La espero porque me fue anunciada!... Un gran cirio, todo de luz, se ha encendido dentro de mí, y me guía y me alumbra. He visto en abismos donde sólo se ve cuando se tiene cavada la fosa. He aprendido, al final de mis días, que todos debemos tener por lecho de muerte un muladar, y voy a él. La tierra ha de dármelo, mucho antes que el mar, a vosotros, esos tesoros de naufragios que buscáis...

El Caballero *se aleja lentamente. Los tres mendigos le miran desvanecerse entre los roquedos de la playa. La luna parece agigantar la figura del viejo hidalgo y poner un nimbo en su cabeza blanca y desnuda.*

ESCENA CUARTA

Una costa brava ante un mar verdoso y temeroso. Lomas de arena, con pinares desmedrados en lo alto, y en la bajada un charcal salobre, donde blanquean los huesos de una vaca. Larga bandada de cuervos revolotea sobre aquella carroña, bajo un cielo gris de amanecer. En el fondo de una caverna socavada por el mar, el viejo linajudo espera la muerte como un viejo león. Ante sus ojos nublados ve aparecer la sombra de Fuso Negro.

Fuso Negro.—¡Tou! ¡Tou! ¡Tou!... Ya somos dos.
El Caballero.—¡Tampoco aquí podré estar solo para morir en paz!...
Fuso Negro.—El Señor Mayorazgo tiene sus palacios y su cama con dosel... Aquí haránsele llagas las costas... Para el cuerpo de los señores es muy duro el cocho de Fuso Negro.
El Caballero.—¿Duermes en esta cueva?
Fuso Negro.—Unas veces duermo y otras veces velo.
El Caballero.—¡Yo te pido que me dejes morir aquí!
Fuso Negro.—¿Quiere hacerse ermitaño el Señor Mayorazgo? Iráse el loco a reinar en sus palacios. Tendrá su manto de una sábana blanca y su corona ribeteada de papel. Tendrá su mesa con pan de trigo y cuatro odres haciendo una cruz. El uno, de vino del Ribero; el otro, de vino de la Ramallosa; el otro, de vino blanco Alvariño, y el otro, del buen vino que beben los abades en la

misa, y si parida, el ama en la cama. ¡Iráse el loco a los palacios del Señor Mayorazgo!

El Caballero.—Ya no tengo palacios. Todo lo he repartido entre mis hijos para que no acabasen en la horca y fuesen deshonra de mi linaje. ¡Todo lo di!

Fuso Negro.—¡Tou! ¡Tou! ¡Tou!... ¡Ya somos hermanos!

El Caballero.—Un ángel y un demonio me están abriendo la sepultura, a la luz de un cirio. El ángel cava, el demonio cava... Uno a la cabecera, otro a los pies... El demonio con una guadaña, el ángel con una concha de oro. ¿No los ves, hermano Fuso Negro? El ángel cava, el demonio cava... Uno a la cabecera, otro a los pies.

Fuso Negro.—El ángel cava, el demonio cava... ¡Bien que los veo! El demonio agora enciende un cigarro con un tizón que saca del rabo.

El Caballero.—¿Tú los ves, Fuso Negro?

Fuso Negro.—¡Sí que los veo!

El Caballero.—¿Estás seguro?

Fuso Negro.—¡Sí que los veo!

El Caballero.—Yo dudaba que fuese delirio de mis sentidos... Apenas distingo tu sombra en esta cueva. He venido aquí para morir... Fui toda mi vida un lobo rabioso, y como lobo rabioso quiero perecer de hambre en esta cueva... Hermano Fuso Negro, me cortarás la cabeza y se la llevarás a mis hijos. Verás cómo te visten de seda esos monstruos nacidos de mi sangre.

Fuso Negro.—¿Cuántos son?

El Caballero.—Cinco.

Fuso Negro.—¡Cinco cirios, cinco rabos, cinco demonios coronados!

El Caballero.—¡Demonios son!

Fuso Negro.—Hijos del Demonio Mayor, que cinco veces estuvo en la cama con aquella que ya dejó el mundo.

El Caballero.—¡No la nombres, boca miserable! ¡Boca de escorpión! ¡Boca de serpiente!

Fuso Negro.—¿Ya no somos hermanos?... ¡Y todo porque le cuento las burlerías del Demonio Mayor! Los cinco mancebos son hijos de su ciencia condenada. ¡Arreniégola! ¡Arreniégola!... De la su mano derecha a cada cual diole un dedo con su uña, para que rabuñasen en el corazón de mi hermano el Señor Mayorazgo. Hermano de este día, por parte de los caminos y de pedir por las puertas, y de la cueva para morir... Hermano de este día... ¡Tou! ¡Tou!... Van por un camino toda la vida los hermanos y no se reconocen... Van por un camino. ¡Tou! ¡Tou! ¡Tou!

El Caballero.—¡Hermanos todos, todos hijos de Satanás! ¡Y no se reconocen!

Fuso Negro.—También hay los hijos de Dios Nuestro Señor...

El Caballero.—Todos hermanos por parte de la tierra, que es nuestra madre. ¿Tú dices que mis hijos tienen un dedo de Satanás? Todos los tenemos para robar, para matar, para hacer una higa...

Fuso Negro.—Los cinco mancebos son hijos del Demonio Mayor. A cada uno le hizo un sábado, filo de medianoche, que es cuando se calienta con las brujas, y todo rijoso, aullando como un can, va por los tejados quebrando las tejas, y métese por las chimeneas abajo para montar a las mujeres y empreñarlas con una trampa que sabe... Sin esa trampa, que el loco también sabe, no puede tener hijos... Y las mujeres conocen que tienen encima al enemigo, porque la flor de su sangre es fría. El Demonio Mayor anda por las ferias y las vendimias, y las procesiones, con la apariencia de una moza garrida, tentando a los hombres. Frailes y vinculeros son los más tentados. ¡Ay hermano, cuántas veces habremos estado con una moza bajo las viñas sin cuidar que era el Demonio Mayor de los Infiernos! El gran ladrón se hace moza para que le demos nuestra sangre encendida de lujuria, y luego, dejándonos dormidos, vuela por los aires... Con la misma apariencia del marido se presenta a la mujer y se acuesta con ella. ¡Cata la trampa, porque entonces tiene la calor del hombre la flor de su sangre y puede empreñar! Al Señor Mayorazgo gustábanle las mozas, y por aquel gusto el Diablo hacíale cabrón y se acostaba con Dama María.

EL CABALLERO.—Yo no soy cabrón.

FUSO NEGRO.—El Diablo púsole sus cuernos.

EL CABALLERO.—Tendrían que ser cabrones todos los hombres para que lo fuese Don Juan Manuel Montenegro.

FUSO NEGRO.—¡Todos lo son, y por eso está lleno el mundo de hijos de Satanás!

Aquí FUSO NEGRO *saca un mendrugo de entre la camisa y comienza a roerlo, con la mirada adusta y obstinada.* EL CABALLERO *cierra los ojos y se recuesta sobre las algas que sirven al loco de camada. Se oye el bordón del viento y el tumbo de las olas en la playa.* EL CABALLERO *suspira sin abrir los ojos.*

EL CABALLERO.—¿Tienes hambre, hermano Fuso Negro?

FUSO NEGRO.—Los vinculeros y los abades siéntanse a una mesa con siete manteles, y llenan la andorga de pan trigo y chicharrones. Luego a dormir y que amanezca. ¡Jureles asados!... ¡Sartenes sin rabos!... ¡Una vieja con los ojos encarnados!... ¡El loco tiene siempre hambre!...

EL CABALLERO.—¡La furia de tus dientes me desvela!

FUSO NEGRO.—¡Es duro como un hueso este rebojo!

EL CABALLERO.—¡Yo hace dos días que no como, y toda el hambre dormida se despierta oyéndote roer!...

Fuso Negro.—¡Parezco un can!
El Caballero.—¿Es el mar o son tus dientes en el mendrugo?
Fuso Negro.—¡Cómo broa el mar!
El Caballero.—¡No sé si el mar, si tus dientes, hacen ese gran ruido que no me deja descansar y se agranda dentro de mí!
Fuso Negro.—¡Es la voz de la cueva!

El Caballero *se tiende sobre las algas que sirven de camada a* Fuso Negro. *En la concavidad del escabón parece aletear un gran pájaro invisible que acordase su vuelo con la voz del viento y el tumbo de las olas. La cortina cenicienta de la lluvia ondula en el claro de luz que recorta la boca de la cueva. Algunas sombras llegan a cobijarse y se agrupan en el umbral, alentando afanosas de la carrera. Aquellas figuras que huyen del nublado se destacan por oscuro sobre el fondo del mar tendido de espuma. Son cuatro niños descalzos, con los pelos crespos, y una mujer de luto.*

La Mujer.—¡Tiempo de aguas!... ¡Tiempo de tormentas!... ¡Tiempo maldito!... ¡Miseria para los pobres!... ¡Lutos y hambres!... ¡Cúbrese el sol!... ¡Sentarvos en la tierra a descansar, mis hijos!... ¡Aún hemos de ir mucho por este arenal!... ¡Vos dolerán los pies si no descansáis!... ¡Repartivos ese pan!... ¡Tiempo de tormentas!... ¡Tiempo de dolor!...
Fuso Negro.—Si tuviésemos un amparo de leña, encenderíamos una hoguera.
La Mujer.—No se distingue en esta oscuridad... ¿Eres tú, Fuso Negro? Si bajaste por este arenal de lobos, acaso sabrás en qué playa echaron las olas el cuerpo de un ahogado. A la medianoche llegaron a decírmelo. Batieron en la ventana. No conocí quién era.

Fuso Negro.—¿Inda la mar no quiso darte el cuerpo de Venturoso?

La Mujer.—Dijo la voz que en la playa de Campelos... Allá voy por ver si le reconozco. Las cuatro criaturas despertáronse llorando al oír petar en la ventana... ¡Creían que era el ánima de su padre! Esta mañana, rayando el día, fui a la casa grande por tener un socorro para este camino tan largo. ¡Echáronme los canes!... ¡Malditos sean todos los ricos!

Fuso Negro.—Largo camino haces para las criaturas. Si les atares una cuerda, podías descansadamente llevarlas por la mar y tú ir por la tierra.

La Mujer.—...¡Y tenían dicho que darían socorro a las viudas y a los huérfanos! ¡El Mayorazgo huyóse para no cumplirnos la manda! ¡Cinco lobos dejó alrededor de su silla vacía! ¡Ay, Montenegro, negro de corazón! ¡Por tu imperio se hicieron aquellos pobres a la mar, en una noche tan fiera! ¡Cuando seáis mozos, reclamarle cuentas, mis hijos, que él os dejó sin padre! ¡Mal can le arranque el corazón y lo lleve por este arenal! ¡Mal cuervo le coma los ojos! ¡Malas ortigas le broten en el pecho! ¡Mal avispero le nazca en la lengua!

El Caballero.—¡Calla, mujer, que tus maldiciones ya se cumplen!

El Caballero *se incorpora en el lecho de algas, y la viuda y los cuatro niños tiemblan al reconocerle. En la oscuridad de la cueva apenas se distingue la sombra del viejo linajudo, y su voz tiene una resonancia oscura de caos y tinieblas como si saliese de la oquedad del roquedo.*

La Mujer.—¡Tanta es la dolor de mi alma, que hablo sin sentido!... ¡Por estas cuatro criaturas, no me haga mal, señor Vinculero!

El Caballero.—¡Fuiste a mi casa y encontraste cerrada la puerta!

La Mujer.—¡Me echaron los canes!... ¡Pedía un bien de caridad para abrir una cueva!...

Fuso Negro.—¡Cinco cirios, cinco rabos, cinco demonios coronados!

El Caballero.—¡Yo cavaré la cueva para tu marido! Si faltase azada, la cavaré con mis manos... Para la mortaja iré a pedir una limosna en la casa que fue mía, y si hallo la puerta cerrada la derribaré para que entres tú con tus hijos...

Fuso Negro.—¡Y el loco también!

El Caballero.—¡Haré respetar mi voluntad! Los muertos serán sepultos y amparados los vivos. Se cumplirán todas las mandas que ordené. Venid conmigo, y en el umbral de mi casa me veréis pedir una limosna para vosotros. Después, cúmplanse tus maldiciones, y lleven los perros por este arenal mi corazón desesperado.

El Caballero sale de la cueva. La lluvia moja su cabeza blanca y su barba patriarcal que aborrasca el viento, llevándola de uno al otro hombro. La viuda, el loco y los niños le siguen como sombras de su delirio. Van los niños atenazados a la falda de la madre, y llorando de miedo. Todos parecen perdidos en la vastedad del páramo.

El Caballero.—¡Desfallezco de hambre!... ¡No veo!... ¡Apenas puedo andar!... Esos niños que me den un poco de su pan.

La Mujer.—¡Ya nada les queda, señor!

El Caballero.—¡Dios haga que no caiga muerto en medio del camino! ¡Vamos!

ESCENA QUINTA

La hueste de mendigos descansa al sol ante el portal de la casona y se tiende por la orilla del camino aldeano. Sobre la veleta del hórreo, el gallo clarinea, en el sol, dorado y soberbio.

Dominga de Gómez.—¡De toda la vida lo recuerdo! Al son de las doce repartíase el pan y las berzas a los pobres que acudíamos a este portal. Era una caridad de fundación. Venía desde los difuntos señores que levantaron la casona.

El Manco de Gondar.—¡Y esta puerta, que siempre estuvo franca para los desvalidos, ciérrase agora!

El Manco Leonés.—¡No heredaron los hijos la honrada ley de los padres!

La Mujer del Morcego.—Catailos los amos. Murió la madre, y el padre fuese por el mundo, dejándolo todo. En la ribera del mar lo topamos que iba con la cabeza descubierta a la lluvia.

El Morcego.—¡Clamaba por la muerte!

El Pobre de San Lázaro.—Todo lo dejó para ser pobre como nosotros y tener su silla de oro en el Cielo.

El Manco Leonés.—Los herederos la tendrán de espinas en el Infierno.

Dominga de Gómez.—Cierran su puerta a los pobres, que son hijos de Dios Nuestro Señor.

Adega la Inocente.—El Divino Jesús también anduvo pidiendo por los caminos del mundo con unas alforjinas a cuestas que le bordara la Virgen Madre.

El Manco Leonés.—¿Y adónde se habrá retirado el noble Caballero?

La Mujer del Morcego.—¡Y quién lo sabe!

Dominga de Gómez.—Para hacer penitencia iríase al monte, donde tiene un gran pazo.

El Pobre de San Lázaro.—Allí guarda cinco mozas, y no iría si está talmente arrepentido.

La Mujer del Morcego.—¡Escuchad la voz de los hijos en la casona!

Dominga de Gómez.—¡Vanse a matar!

El Morcego.—¡Pelean haciendo las particiones!

El Pobre de San Lázaro.—¡En la gran Jerusalén, hace cientos de años, oyéronse estas mismas voces, que las daban los judíos, repartiéndose la túnica de Nuestro Señor Jesucristo!

Dominga de Gómez.—¡Talmente son judíos!

El Pobre de San Lázaro.—¡Como tales judíos obran, cerrando su puerta a los pobres y echándolos al camino! ¡Las migajas de su mesa se las dan a los canes!

Dominga de Gómez.—¡La suerte de un pobre es más triste que la de un can!

El Pobre de San Lázaro.—¡Porque un pobre sabe resignarse, y un can rabia!

Se abre un postigo en el gran portón de la casona, y uno a uno van saliendo los criados —La Roja, Don Galán, La Recogida—. *Tras ellos, el postigo vuelve a cerrarse.*

La Roja.—¡Bien mala cosa es la vejez!

Don Galán.—¡Un hueso que nadie lo quiere roer, si no es la muerte!

La Recogida.—¿Adónde iremos, señora Micaela?

La Roja.—Tú eres moza, y en cualquier banda hallarás acomodo... ¡Pero yo, triste de mí, con tantos años a cuestas, que voy a cumplir el ciento!... ¿Adónde iré, despedida de esta casa, donde gané el pan toda mi vida?... ¡Bien se me alcanza que no podía ya ganarlo!... ¡Y una boca, aun cuando no tenga dientes, es una carga muy grande!... ¡Y lo mucho es poco, cuando se reparte! ¡Y si los reinos se deshacen, qué no será las casas!... ¡Esta casa fue muy grande, mas agora repartida no será nada!... ¡Por eso, si culpo, es a la muerte que tanto me tarda!

La Recogida.—Solamente tuvo suerte la señora Andreíña.

Don Galán.—Porque tiene tres cabras que se acochan con los lobos.

La Roja.—Moriré en un camino, al pie de un bardal.

La Recogida.—¡Juntas nos atrapó la tormenta, señora Micaela!

Don Galán.—Iremos los tres por luengas tierras pidiendo una limosna. A mí llevaréisme en un carretón.

La Roja.—¡Pudiera yo como tú trabajar!

Don Galán.—Pero no tengo voluntad.

La Roja.—¡Se me parte el corazón al separarme de estas piedras!... ¡Pierdo a mis amos, piérdolos para siempre, yo que los vi nacer!...

Don Galán.—¡Nosotros somos ovejas y ellos son lobos que nos enseñan los dientes!

La Roja.—¡Son leones y de mucha nobleza!

Don Juan Manuel *llega por aquel camino aldeano, de verdes orillas. El loco, la viuda y los huérfanos le acompañan.* El Caballero *camina entre ellos como un viejo patriarca entre su prole: Dolor, Miseria y Locura.*

Don Galán.—¡Catay, el amo que torna!

Dominga de Gómez.—¡Vuelve a su silla el rey de Castilla!

El Manco Leonés.—¡Vuelven los desvalidos a tener padre!

La Roja.—¡Con cuánta dolor camina!

La Recogida.—¡Nos topábamos como ovejas sin pastor, y cuidad que llega!

Don Galán.—¡No es el pastor, sino el mastín! ¡Veredes qué dientes le muestra a los lobos!

El Caballero, *con el andar desfallecido, llega a la puerta y pulsa. Apoyado en la jamba, espera. Los mendigos y los criados se agrupan detrás, todos en un gran silencio.* El Caballero *vuelve a pulsar en la puerta, y acompaña con grandes voces los golpes de su puño cerrado.*

El Caballero.—¡Abrid, hijos de Satanás! ¡Abrid estas puertas que cierra vuestra codicia! ¡Abridlas de par en par, como tenéis abiertas las del Infierno! ¡Abridlas para que entren los que nunca tuvieron casa! ¡Soy yo quien después de habéroslo dado todo, llego a pediros una limosna para ellos! ¡Soy yo quien pobre y miserable, golpea esta puerta cerrada! ¡Hijos de Satanás, no hagáis que mi cólera la derribe y entre por ella, como quien es, Don Juan Manuel Montenegro! ¡Abrid, hijos de Satanás!

Resuenan en el ancho zaguán los golpes del Caballero. *Ante la puerta hostil y cerrada se levanta, como un oleaje, el vocerío de la hueste mendicante y los viejos criados despedidos de la casona.*

La voz de todos.—¡Abran a su padre! ¡Abran a su padre!

El Caballero.—¡Derribad la puerta! ¡Mis verdaderos hijos sois vosotros!

La voz de todos.—¡Tengan caridad para su padre! ¡Caridad y respeto! ¡Caridad y respeto!

El Caballero.—¡Eso lo da sólo el amor!

Por las mejillas del viejo linajudo ruedan dos lágrimas que se pierden en la nieve de su barba. Los mendigos y los criados se arrojan sobre la puerta.

La voz de todos.—¡Tengan ley de Dios!
El Caballero.—¡Dadme un hacha!
La voz de todos.—¡Tengan ley de Dios!
El Caballero.—¡Poned fuego a la casa por sus cuatro esquinas! ¡Perezcan entre llamas los hijos del Infierno!
La voz de todos.—¡No hay ley de Dios! ¡No hay ley de Dios!

De pronto cesa el clamor. Espantados de sus voces, mendigos y criados oyen en un gran silencio descorrer los cerrojos de la puerta: Se abre rechinando, y sobre el umbral, como una sombra de malas artes, aparece Andreí-ña. *Al mismo tiempo, asoman con bárbara violencia los cuatro segundones en aquel balcón de piedra que remata con el escudo de armas: ¡Águilas y Lobos! Todos hablan en un son.*

Don Mauro.—¡Ya tenéis franca la puerta!
Don Rosendo.—¡Entrad, si os atrevéis!
Don Mauro.—¡El que cruce esos umbrales no vuelve a salir!
Don Gonzalito.—¡Atreveos, miserables!
Don Farruquiño.—¡Ya no gritáis, mal nacidos!
El Caballero.—¡Entrad conmigo todos! ¡Mis verdaderos hijos sois vosotros! ¡Ayudadme para que pueda saciar vuestra hambre de pan y vuestra sed de justicia! ¡Ayudadme como hijos! ¡Ayudadme como animales hambrientos, como arcángeles o como demonios! ¡Rabiad, ovejas!

Todos permanecen ante la puerta cobardes, mudos y quietos. El Caballero entra solo, y sus voces bajo la bóveda del zaguán, se alejan y se pierden. Los cuatro mancebos se retiran del balcón, unánimes en el impulso violento y fiero. Andreíña empuja la puerta para cerrarla, y en aquel momento adelántase la figura gigante del pobre lazarado, derriba por tierra a la bruja y penetra en el zaguán clamando, y todos le siguen repitiendo sus voces.

El Pobre de San Lázaro.—¡Es nuestro padre! ¡Es nuestro padre!
La voz de todos.—¡Es nuestro padre!

ESCENA FINAL

La cocina de la casona. En el hogar arde una gran fogata y las lenguas de la llama ponen reflejos de sangre en los rostros. Los cuatro segundones aparecen sobre el fondo oscuro de una puerta, cuando la cocina es invadida por la hueste clamorosa que sigue al Caballero.

El Caballero.—¡Soy un muerto que deja la sepultura para maldeciros!
Don Farruquiño.—¡Padre, tengamos paz!
Don Rosendo.—¡Fuera de aquí toda esa gente!
El Caballero.—¡Son mis verdaderos hijos! ¡Para ellos os pedí una limosna y hallé cerrada la puerta!
Don Mauro.—¡Ya la tiene franca!
El Caballero.—¡Llego para hacer una gran justicia, porque vosotros no sois mis hijos!... ¡Sois hijos de Satanás!
Don Farruquiño.—Entonces somos bien hijos de Don Juan Manuel Montenegro.

EL CABALLERO.—¡Ay, yo he sido un gran pecador, y mi vida una noche negra de rayos y de truenos!... ¡Por eso a mi vejez me veo tan castigado!... ¡Dios, para humillar mi soberbia, quiso que en aquel vientre de mujer santa engendrase monstruos Satanás!... Siento que mis horas están contadas; pero aún tendré tiempo para hacer una gran justicia. ¡Vuelvo aquí para despojaros, como a ladrones, de los bienes que disfrutáis por mí! ¡Dios me alarga la vida para que pueda arrancarlos de vuestras manos infames y repartirlos entre mis verdaderos hijos! ¡Salid de esta casa, hijos de Satanás!

A las palabras del viejo linajudo, los cuatro segundones responden con una carcajada, y la hueste que le sigue calla suspensa y religiosa. EL CABALLERO *adelanta algunos pasos, y los cuatro mancebos le rodean con bárbaro y cruel vocerío, y le cubren de lodo con sus mofas.*

DON MAURO.—¡Hay que dormirla, Señor Don Juan Manuel!
DON ROSENDO.—¿Dónde la hemos cogido, padre?
DON GONZALITO.—¡Buen sermón para Cuaresma!
DON FARRUQUIÑO.—¡No mezclemos en estas burlas las cosas sagradas!
DON ROSENDO.—¿Dónde hay una cama?
DON MAURO.—Vosotros, los verdaderos hijos, salid, si no queréis que os eche los perros. ¡Pronto! ¡Fuera de aquí! ¡A pedir por los caminos! ¡A robar en las cercas! ¡A espiojarse al sol!

El segundón atropella por los mendigos y los estruja contra la puerta con un impulso violento y fiero, que acompañan voces de gigante. La hueste se arrecauda con una queja humilde: Pegada a los quicios inicia la retirada, se dispersa con un murmullo de cobardes oraciones. EL CABALLERO *interpone su figura resplandeciente de nobleza: Los ojos llenos de furias y demencias, y en el rostro la altivez de un rey y la palidez de un Cristo. Su mano abofetea la faz del segundón. Las llamas del hogar ponen su reflejo sangriento, y el segundón, con un aullido, hunde la maza de su puño sobre la frente del viejo vinculero, que cae con el rostro contra la tierra. La hueste de siervos se yergue con un gemido y con él se abate, mientras los ojos se hacen más sombríos en el grupo pálido de los mancebos. Y de pronto se ve crecer la sombra del leproso, poner sus manos sobre la garganta del segundón, luchar abrazados, y los albos dientes del lobo y la boca llagada, morderse y escupirse. Abrazados caen entre las llamas del hogar. Transfigurado, envuelto en ellas, hermoso como un haz de fuego, se levanta* EL POBRE DE SAN LÁZARO.

EL POBRE DE SAN LÁZARO.—¡Era nuestro padre!
LA VOZ DE TODOS.—¡Era nuestro padre! ¡Era nuestro padre!...
LA VOZ DE LOS HIJOS.—¡Malditos estamos! ¡Y metidos en un pleito para veinte años!

GLOSARIO

acochen: (Galleg.) Acochar: «Arropar, cubrir algo o a alguien con ropa, especialmente en la cama» *(Dicc. Norm. Gal.-Cast.).* Véase *cocho.*

adolecido: Aun reconociendo que es voz castellana, tanto Iglesias (en su edición de *Divinas Palabras,* Madrid, Espasa Calpe, Colección Clásicos Castellanos, 1991) como Amor y Vázquez (1958) prefieren verla como galleguismo. De *adoecido:* «Exasperado, dícese del que está muy enfadado e inquieto, porque ha perdido la paciencia o el aguante o porque se muere de ganas de hacer algo» *(Dicc. Norm. Gal.-Cast.).*

agora: En los diálogos de personajes populares, en las novelas y obras dramáticas cuya acción se sitúa en Galicia, Valle suele preferir *agora* a *ahora:* No es tanto un arcaísmo como sí un galleguismo.

aínda: (Galleg.) «Adv. Aún, todavía. Indica la persistencia en el momento en que se habla de cierta acción o estado» *(Dicc. Norm. Gal.-Cast.).*

anaco: (Galleg.) «Pedazo, parte pequeña de alguna cosa. Cacho, fracción, fragmento, porción...» *(Dicc. Norm. Gal.-Cast.).*

András, San Lorenzo de: «András es siempre topónimo que indica la aldea a 4 kms. al E. de Villanueva de Arosa. Puede haber modificaciones imaginativas en algunos textos pero la referencia geográfica es siempre la misma. En András, los abuelos paternos de don Ramón vivían en su Pazo de la Rúa

Nova. Por decreto del 9 de enero de 1976, el Rey Juan Carlos declaró monumento histórico artístico el Pazo» (Smither, 1986, pág. 63). El comentarista destaca después la importancia de ese pazo, como modelo, en muchos de los que aparecen en las obras valleinclanianas de ambiente gallego, sobre todo en las *Comedias bárbaras.*

arcaces: (Galleg.) Plural de *arcaz:* «Cajón grande de madera en que se depositan las redes para teñirlas» *(Dicc. Norm. Gal.-Cast.):* Del texto se desprende también, obviamente, otra función.

ardidos: Ardido: «Valiente, intrépido, denodado» *(DRAE).*

arregañados: (Galleg.) Arregañar: «Abrir la boca enseñando los dientes, por enfado, con aire de amenaza o riendo» *(Dicc. Norm. Gal.-Cast.).*

¡Arreniégola!, arreniégote: (Galleg.) Exorcismo. De *arrenegar:* «Renegar, negar con insistencia (...). Conjurar, conminar a un espíritu maligno a que se aleje» *(Dicc. Norm. Gal.-Cast.).*

arroases: Arroaz: delfín (tanto en gallego como en castellano).

artejos: Artejo: «Nudillo de los dedos» *(DRAE):* Pero más parece un galleguismo, ya que *nudillo* no se dice en gallego, y sí *artello.*

¡Asús!: Vulg. ¡Jesús!

atopo: (Galleg.) Atopar: «Encontrar, dar con una cosa que se estaba buscando» *(Dicc. Norm. Gal.-Cast.).*

Bealo: «La ubicación real de Bealo se establece claramente a unos 9 ó 10 km. de Puebla de Caramiñal en el camino a Padrón, pero en las obras de don Ramón la orientación de este, como de otros topónimos, es poco fija» (Smither, 1968, pág. 69). Esta indeterminación es clave en *Romance de Lobos:* Nombres como *Campelos, Corón, Corrubedo, Rajoy, Ricoy,* etc., pertenecen a la toponimia gallega, pero el autor los cita según la conveniencia del momento. A veces, con ligeras modificaciones: por ejemplo, los comentaristas han identificado el *arenal de las Inas* con la playa de Las Sinas. En otras ocasiones, ciertas referencias dan la sensación de algo real (por ejemplo, los *Pinares del Rey,* el *alto de las Tres Cruces)* y esa sensación, esa impresión de verosimilitud dentro de la ficción, es

—en todos estos casos— lo más importante, independientemente de que tales lugares existan o no en la realidad. Con todo, es apasionante reconocer los modelos, el entorno geográfico en que se inspiró Valle-Inclán, y el lector interesado en ello encontrará la mejor guía en el citado estudio de Smither.

Belvis: Smither (1986) recuerda que en *El Marqués de Bradomín* hay una alusión a un convento de monjas dominicas de este nombre (escrito Velbis) en Santiago de Compostela, y que parece lógico relacionar con el mismo esa campana reconocida por Don Juan Manuel como «la Monja de Belvis» (I, 6.ª); aunque resulta ilógico, en cambio, por el emplazamiento de la acción (pág. 70).

Bensa, La: (Galleg.) Bensa es el nombre gallego de la Isla Benencia en la Ría de Arosa (cf. Smither, 1986, pág. 71). A 5 kilómetros se encuentra la Punta Castelo.

bigardo: «2. Fig., vago, holgazán» *(DRAE)*.

bisoja: Bisojo, -a: «Adj. Dícese de la persona que padece estrabismo» *(DRAE)*.

bordón, bordonear: La palabra *bordón* significa «bastón o palo más alto que la estatura de un hombre, con una punta de hierro y en el medio de la cabeza unos botones que lo adornan» *(DRAE)*: Hay en *Romance de Lobos* cierta recurrencia de esta imagen. El *bordón* aparece ligado al Pobre de San Lázaro, que lo califica como su cruz, y es objeto de un trueque por el bastón de Don Juan Manuel («cambiaremos nuestras cruces», dice éste), en II, 2.ª Por otra parte, es una imagen con la que se compara el viento: «Se oye el bordón del viento...» (III, 4.ª) Y: «El viento bordonea en el mar» (III, 3.ª). *Bordonear* va dicho aquí en su 2.ª acepción: «Dar palos con el bordón o bastón» *(DRAE)*.

broa, broar: (Galleg.) Bruar: «Mugir la vaca, el buey o bramar otros animales. Producir el viento un sonido semejante al bramido del buey» *(Dicc. Norm. Gal.-Cast.)*.

¡Brujas fuera!: Se trata de un exorcismo muy popular en Galicia. Sólo en alguna ocasión aislada, Valle-Inclán lo escribe en gallego: «¡Bruxas fóra!» (no en *Romance de Lobos)*.

cadelo, -a: (Galleg.) Perro pequeño.

calcañares: Calcañar: «Parte posterior de la planta del pie» *(DRAE)*.
Campelos: Véase *Bealo*.
Candelaria: La Virgen de la Candelaria, el 2 de febrero. La Iglesia católica conmemora la Purificación, y lo hace con una procesión en la que se llevan candelas encendidas y se asiste a la misa con ellas.
carabel: (Galleg.) *Caravel:* clavel.
carozo: *Carozo o zuro:* «Corazón o raspa de la mazorca del maíz después de desgranada» *(DRAE):* En el diálogo de la Rebola, el Rapaz de las Vacas, Don Galán y Andreíña, tras unas primeras alusiones literales, se juega con la palabra en un sentido lúbrico, fálico (III, 2.ª).
casco: *Casco de mantilla:* Su tela, aparte de la guarnición y el velo *(DRAE)*.
Castelo: Véase *Bensa, La*.
Catailos los amos: (Galleg.) Mirad —o fijaos en— los amos. El verbo *catar* es castellano y gallego, pero aquí (III, 5.ª) se trata de un galleguismo, tanto por el significado como por la construcción. En III, 4.ª, la frase: «Cata la trampa...», con el significado castellano, habitual, de *probar:* También aparece en III, 5.ª: «¡Catay, el amo que torna!» Ahora con el sentido de «tener cuidado o precaución» *(Dicc. Norm. Gal.-Cast.)*.
Catay: Véase *catailos los amos*.
cativo, -a: Aunque palabra arcaica en castellano, se trata de un galleguismo, que Valle-Inclán utiliza con mucha frecuencia en diálogos populares. Su sentido es variable: pequeño, de escaso tamaño o edad; miserable, de mala calidad; cautivo, prisionero...
cocho: (Galleg.) *Cocho* es cerdo (también en castellano) y, por extensión, «cuadra del cerdo, cuchitril para meter cabritos, refugio de animales, madriguera» *(Dicc. Norm. Gal.-Cast.)*. Pero no incluye este *Diccionario* la acepción de «Cama. Sitio donde duermen algunos animales», que oportunamente destaca Amor y Vázquez (1958).
compango: Tanto en castellano (donde es sinónimo de *companaje)* como en gallego, designa todo alimento que acompaña el pan.

compaña: Compañía.
Compaña, Santa: Véase *Santa Compaña*.
Con del Frade: *Con* es una palabra gallega, y significa «farallón, roca puntiaguda que se levanta a flor de agua y queda descubierta en la bajamar» *(Dicc. Norm. Gal.-Cast.).* Así pues, *Roca del Fraile*.
Corón: Véase *Bealo*.
Corrubedo, mar de: Véase *Bealo*.
costas: (Galleg.) Sólo en pl. «Espalda, región dorsal, parte posterior del dorso humano» *(Dicc. Norm. Gal.-Cast.).*
croca: (Galleg.) En sentido burlón, cabeza.
Cruces, guía las: (Galleg.) Iglesias, en su edición de *Divinas Palabras* (pág. 245), interpreta como galleguismo las varias referencias —similares a esta de *Romance de Lobos* en la acotación inicial de III, 1.ª— que aparecen en obras valleinclanianas de ambiente galaico. En sentido estricto, sería el vía crucis de los viernes de Cuaresma, ampliado por Valle-Inclán (o tomado por él de algún lugar concreto) al rezo del rosario, por la tarde, en cualquier época del año.
cuatro onzas y un doblón: Con estas palabras, Andreíña parece indicar que tiene cuarenta y un años (que lo considere mucha edad se explica por la época y el medio rural). Suena a frase hecha, pero no he podido documentarlo.
cuitado, -a: «Afligido, desventurado. Fig., apocado, de poca resolución y ánimo» *(DRAE).*
curmano, -a: (Galleg.) Primo hermano.
Curuja, La: (Galleg.) Lechuza. Aunque en castellano existe la voz *coruja,* da la impresión de que Valle-Inclán está trasladando del gallego *curuxa*.
choca: (Galleg.) Choco, -a: entre sus varias acepciones, «campana que tiene alguna grieta y suena como un cencerro» *(Dicc. Norm. Gal.-Cast.).*
¡De hoy son nuestros amos!: Podría pensarse que este uso de la preposición *de* es una forma viciosa, popular, dado el personaje que habla. Pero creo que más bien se trata de un galleguismo. La preposición *des* (con valor 'desde') es arcaica en

castellano; no así en gallego. Valle-Inclán escribe *de,* tal vez intentando trasladar un *des* que sería propio del personaje.
denantes: (Galleg.) «Inmediatamente antes» *(Dicc. Norm. Gal.- Cast.).* En castellano, en desuso.
despabiladeras: «Tijeras con que se despabilan velas y candiles.» *Despabilar:* «Quitar la pavesa o la parte ya quemada del pabilo o mecha a velas y candiles» *(DRAE).*
Diaños: (Galleg.) Demonios.
¿Dónde ha muerto?: Una vez que está en la casona de Flavia-Longa, Don Juan Manuel pregunta dónde ha muerto Doña María: «Quiero ver su alcoba. Allí estará su sombra, esperándome...» (II, 3.ª). Aunque de manera vaga, algo imprecisa, estas palabras nos remiten a la creencia supersticiosa de que, desprendida del cuerpo humano, el alma puede continuar algún tiempo en el lugar donde se ha producido la muerte.
¡Eh, meniño, eh...!: En cada una de las tres *Comedias bárbaras,* el autor recoge una canción popular en gallego. Esta de *Romance de lobos* diría así en castellano: «Ea, mi niño, ea...! / Para Santo Tomás... / ¿Tu padre quién fue? / ¿Tu madre quién es? / ¡Ea, mi niño, ea...!»
escabón: (Galleg.) Derivado del gallego *escavar* (equivalente al castellano *excavar):* «hacer hoyos, zanjas o túneles en la tierra o en las rocas» *(Dicc. Norm. Gal.-Cast.).* Pero no del castellano *escavar,* que significa «cavar ligeramente la tierra para ahuecarla y quitar la maleza» *(DRAE).*
escordado: (Galleg.) Escordar: «Dislocar(se) o torcer(se) algún miembro del cuerpo» *(Dicc. Norm. Gal.-Cast.).*
escura: Oscura. En castellano, *escuro* es arcaico y hoy vulgar; pero no en gallego.
estoraque: Bálsamo muy oloroso, obtenido del árbol de este nombre.
fabla: (Galleg.) En castellano, *fabla* es arcaísmo; pero no lo es la palabra en gallego, *fala,* máxime en una frase de tanto sabor coloquial como la del Ciego de Gondar (II, 3.ª).
facción, facciosos: Cuando Don Farruquiño dice que el Capellán «estuvo en la facción» (I, 4.ª), quiere decir que hizo la guerra al lado de los carlistas, cosa que ya se mencionó en

Águila de Blasón. No se aclara si es verdad o no que, con destino a la causa, se llevara la plata «machacada» de la casona. Repárese también en la alusión de Benita la Costurera a los facciosos (I, 5.ª). En II, 1.ª, Don Pedrito menciona que una vez «el capellán ocultó el alijo de armas para la facción» en la capilla.

fierros, tocando los: Para significar que se hace tarde, relacionando sus palabras con el sonido de un manojo de llaves —que agita «un viejo de guedejas blancas»: se supone que el sacristán—, la Roja apremia a Sabelita: «Vámonos, cordera, que ya San Pedro anda tocando los fierros» (III, 1.ª). El sentido es claro, y si tal frase viene a la cita es por otra cuestión. La voz *fierro,* ¿es un arcaísmo, como se puede leer en el *Diccionario* de la Academia, o un galleguismo: un traslado de la voz *ferro?* Ruiz Fernández (1981, págs. 107-108) supone lo primero; Iglesias (en su edición de *Divinas Palabras,* págs. 207-208), lo segundo, que parece más lógico en la intervención de un personaje del medio popular y rural gallego.

Flavia-Longa: Flavia-Longa es topónimo inventado, a partir de Arealonga (Villagarcía) y de Iria Flavia (nombre romano de Padrón), como supone Filgueira Valverde (cfr. Smither, 1986, pág. 90).

fontela: (Galleg.) *Fontela* o *fontenla:* «Fuentezuela, fuente pequeña» *(Dicc. Norm. Gal.-Cast.).*

Francisco, Don: En II, 3.ª, Don Mauro pregunta por sus hermanos Don Pedro y Don Francisco. A este último se le designa habitualmente con el apocorístico gallego, en diminutivo: Don Farruquiño.

hospiciana: Esta «cinta azul que llaman hospiciana» es un ejemplo —entre mil— de la curiosidad de Valle-Inclán por la lengua viva, que le lleva a recoger de muchas palabras acepciones no registradas en los diccionarios. Aquí, facilitando el trabajo de sus futuros editores, esa acepción la explica él mismo.

Hueste, La: Véase *Santa Compaña.*

Inas, arenal de las: Véase *Bealo.*

inda: (Galleg.) Adv., aún, todavía.

Job: Después de haber perdido su hacienda y a sus hijos, Job sufrió la enfermedad de la lepra *(Job,* cap. II), que llevó con resignación ejemplar. Ambos motivos —la lepra, la resignación— están en el personaje del Pobre de San Lázaro de manera intensa. El recuerdo de Job no es, pues, irrelevante.

lazarado: Llagado. Derivación de Lázaro.

lostrega: (Galleg.) *Lostregar:* relampaguear. *Lóstrego:* relámpago *(Dicc. Norm. Gal.-Cast.).*

maricallo: (Galleg.) Marica, mariconazo.

mariñán: (Galleg.) «Costero, perteneciente o relativo a las regiones de la costa» *(Dicc. Norm. Gal.-Cast.).*

Morcego, El: (Galleg.) Morcego: murciélago.

morueca: Morueco: «Carnero padre o que ha servido para la propagación» *(DRAE).*

Nerón: La referencia al emperador Nerón, en la confesión pública de Don Juan Manuel (II, 5.ª), es puramente coloquial, tomada del lenguaje cotidiano, y con un significado que resulta obvio. Pero conviene reparar en la insistencia con que Valle-Inclán acude a nombres o episodios de la historia y/o de la leyenda popular para enmarcar, para definir a sus personajes.

non: (Galleg.) Adv., no.

petar: (Galleg.) «Llamar a la puerta, golpearla para llamar la atención de los que están dentro» *(Dicc. Norm. Gal.-Cast.).*

Pinares del Rey: Véase *Bealo.*

pinto: Pinto, -a: «Ant., dicho de animales y cosas, de diversos colores *(DRAE).*

planto: Esta tradición medieval, que ha perdurado en Galicia hasta fechas relativamente recientes, con sus coros de plañideras, ofrece unas posibilidades teatrales que Valle-Inclán capta muy bien, tanto en *Romance de Lobos* como en *Divinas Palabras.* Acerca del planto en Galicia, véase: José Filgueira Valverde, «El planto en la historia y en la literatura gallega», *CEGALL,* IV, 1945, págs. 511 y sigs.

podre: (Galleg.) Existe en castellano el sustantivo *podre,* con el significado de putrefacción, pero en gallego es, además, adjetivo, y como tal lo emplea Valle-Inclán: «aliento podre» (I, 6.ª).

rabuñasen: (Galleg.) Rabuñar: «Arañar, herir a alguien pasándole las uñas por la piel» *(Dicc. Norm. Gal.-Cast.).*
Rajoy, playa de: Véase *Bealo.*
Rayola: (Galleg.) Raiola: en la acepción de «rayo de sol» *(Dicc. Norm. Gal.-Cast.).*
rebojo: Rebojo: «Residuo de alguna cosa, en especial de pan» *(DRAE).*
Rebola, La: (Galleg.) La palabra *rebola* significa «rasero, palo corto y cilíndrico para rasar las medidas de los áridos». Pero aquí, por los rasgos físicos que se dan del personaje, parece que este apodo es el femenino de *rebolo:* «Tronco que sólo se aprovecha para leña» *(Dicc. Norm. Gal.-Cast.),* en clara proximidad con *reboludo* y *repoludo* (gordinflón, rollizo, grueso). La forma castellana *repolludo* («persona gruesa y bajita», según el *DRAE)* aparece con frecuencia en otros textos de Valle-Inclán.
retablo de ánimas: Tanto en Galicia como en Irlanda, es frecuente ver estos *cruceros:* una cruz de piedra, a menudo con retablo o peto de ánimas, erigida en un cruce de caminos. Con ello, la Iglesia católica ha pretendido cristianizar un espacio que la tradición celta ya había sacralizado. Escribe Taboada Chivite: «En la religión celta las Matres o Matronae, númene romanizados de la fertilidad, llevan tras el nombre de la divinidad, a veces, las palabras *biviae, triviae* o *quatriviae,* que demuestran su accidental carácter de diosas de las encrucijadas.» Y señala a continuación algunas tradiciones que conoce el folclor a propósito de las encrucijadas, como lugar idóneo para el enterramiento de niños sin bautismo, la aparición de la Santa Compaña, la unión sexual con el Demonio, etc. Los entierros se detienen en las encrucijadas, y «en Forcarey (Pontevedra) colocan allí cestos con pan y vino que las plañideras despachan al finalizar el sepelio» (Xesús Taboada Chivite, «Cultura material y espiritual», en VV. AA., *Los gallegos,* Madrid, Istmo, 1976, pág. 206).
Ricoy: Véase *Bealo.*
rifando, rifar: En su 2.ª acepción, *rifar* es «reñir, contender, enemistarse con uno» *(DRAE).*

rizón: «Ancla de hierro, de tres o cuatro uñas» *(Dicc. Norm. Gal.-Cast.).* Se dice en Cantabria.

rizos: *Rizo* es un término marino, que el *Diccionario* de la Academia describe así: «Cada uno de los pedazos de cabo blanco o cajeta, de dos pernadas, que pasando por los ollaos abiertos en línea horizontal en las velas de los buques, sirven como de envergues para la parte de aquéllas que se deja orientada, y de tomadores para la que se recoge o aferra, siempre que por cualquier motivo conviene disminuir su superficie.»

Roja, Micaela la: Este entrañable personaje de *Águila de Blasón* y de *Romance de Lobos* aparece también en *Los Cruzados de la Causa* (primera parte de la trilogía *La Guerra Carlista).* El sobrenombre por el que la conocemos debe leerse en gallego: *roxa;* es decir, rubia o pelirroja.

rosmar: (Galleg.) «Refunfuñar, hablar por lo bajo con enojo o desagrado (...). Rezongar (...). Gruñir amenazadoramente el perro cuando va a atacar o se le molesta... Maullar» *(Dicc. Norm. Gal.-Cast.).*

Rusa: Evidentemente, Doña María no es rusa. Se trata de un cariñoso apelativo familiar, con que Don Juan Manuel se refiere a ella. Pero, en este caso, ¿qué significa *Rusa?* Puede ser una derivación de cualquiera de estas tres palabras gallegas: *roxa* (en el sentido de rubia), *ruza* (en el sentido de cana o entrecana) o *rula* (tórtola, paloma). O, sin más, *rosa,* en un intento de trasladar su pronunciación gallega.

sal: «Tener la sal», en palabras de Doña Moncha, es sinónimo de dar mala suerte, de traer desgracia. Speratti-Piñero (1974, pág. 30) concuerda con un ejemplo mexicano y otro noruego. En España, todavía en la actualidad, la superstición con respecto a la sal está muy extendida.

Santa Baya: En el famoso pasaje de las endemoniadas, al final de *Flor de Santidad,* Valle recrea el Santuario de La Lanzada con el nombre de Santa Baya de Cristamilde. Quizá se trate de la misma Santa Baya de que habla Andreíña la Sorda (I, 6.ª).

Santa Compaña: A veces se la llama, simplemente, Compaña. En el riquísimo folclor de Galicia, este nombre evoca una de sus creencias más bellas y misteriosas. La Santa Compaña es una procesión de almas en pena, que caminan de noche, con velas encendidas (éstas son, en realidad, huesos de difunto, y nadie puede apagar su luz). Si a un caminante desprevenido se le aparecen y logran que coja con su mano una de las velas, éste ya no podrá apartarse nunca de la macabra comitiva. Sacarla a escena, al comienzo de *Romance de Lobos,* es de una audacia extraordinaria. Nótese, además, que este cortejo de almas en pena se transforma en un coro de brujas. Estas brujas levantan un puente sobre un río, siendo muy claro el simbolismo de las dos orillas: la muerte y la vida. Véase Speratti-Piñero (1974, págs. 49-55) y Lavaud (1992, págs. 396-403). Speratti-Piñero relaciona esta Santa Compaña con los *fairies* de Irlanda y de Escocia.

sedes: (Galleg.) Pl. de *sede:* «Sed, gana o necesidad de beber» *(Dicc. Norm. Gal.-Cast.).*

señudo: Ceñudo. Ruiz Fernández (1981) lo señala como ejemplo de neologismo a partir de una ligera desviación fónica (pág. 272).

soturno: El *Diccionario* de la Academia registra esta voz remitiendo a *saturnino,* que desde luego suena de muy otro modo. Y allí leemos: «Dícese de la persona triste y taciturna.» Pero Valle-Inclán lo toma del portugués (cfr. Porrúa, 1983, página 211), en cuya lengua este adjetivo tiene una riqueza y una belleza especial: «melancólico, apesadumbrado, callado, apenado, reservado, silencioso, lúgubre, sombrío...» (David Ortega Cavero, *Diccionario Portugués-Español,* Barcelona, Sopena, 1977). Además, en portugués existe la palabra *soturnidade,* que el referido diccionario traduce como «tristeza, melancolía, abatimiento, amargura, taciturnidad, silencio».

sudeste: (Galleg.) En I, 2.ª, aparece un marino con «sudeste y traje de aguas». Se trata del gallego *sueste,* una de cuyas acepciones es «gorro del traje de aguas que usan los marineros» *(Dicc. Norm. Gal.-Cast.).*

tabacosa: Tabacoso: «2. Manchado o mal oliente por el tabaco» *(DRAE).*

testero: *Testero:* «2. Trahoguero de la chimenea.» *Trashogue-*

ro: «2. Losa o plancha que está detrás del hogar o en la pared de la chimenea, para su resguardo. 3. Leño grueso o tronco seco que en algunas partes se pone arrimado a la pared en el hogar, para conservar la lumbre» *(DRAE).*

Tou tou: En *Cara de Plata,* Fuso Negro exclama a menudo: «¡Touporroutóu!» En *Romance de Lobos:* «¡Tou tou!» Es la misma muletilla. Se trata de una voz sin significado concreto, puramente musical, rítmica, que aparece en algunas canciones populares gallegas.

Tres Cruces, alto de las: Véase *Bealo.*

turraba: (Galleg.) El verbo *turrar* existe en castellano, pero no hace sentido en la frase. En gallego significa: «Topar, embestir los animales cornúpetos» *(Dicc. Norm. Gal.-Cast.).*

velludo: El sustantivo *velludo,* en su 2.ª acepción, es «felpa o terciopelo» *(DRAE).*

verme: (Galleg.) Gusano. Existe en castellano (viene del latín, *vermis),* pero *verme* es la palabra que usan los gallegos, normalmente, para significar gusano.

Viana del Prior: Dentro de la toponimia inventada por Valle-Inclán, no cabe duda de que Viana del Prior tiene, además de una presencia recurrente, una importancia enorme. Viene a ser como un símbolo de la ciudad gallega. En cuanto a los modelos reales, Smither (1986) distingue varios períodos. El modelo seguido en *Águila de Blasón* y en *Romance de Lobos* correspondería a Puebla del Deán/Caramiñal (págs. 119-122).

Zamfoña. «Instrumento musical de cuerda, que se toca haciendo dar vueltas con un manubrio a un cilindro armado de púas» *(DRAE).* En el original aparece como «zampoña», posiblemente una errata, según se explica en el apartado «Esta edición» (pág. 50).

ÚLTIMOS TÍTULOS PUBLICADOS EN COLECCIÓN AUSTRAL

Manuel Tuñón de Lara
279. **Poder y sociedad en España, 1900-1931**
Prólogo de Teresa Carnero

Antonio Buero Vallejo
280. **La doble historia del doctor Valmy. Mito**
Introducción de Carlos Álvarez

Lope de Vega
281. **Poesía. Antología**
Edición de Miguel García-Posada

Fernando de Rojas
282. **Celestina**
Edición de Pedro M. Piñero Ramírez

Miguel de Unamuno
283. **Antología poética**
Edición de Roberto Paoli

Ramón del Valle-Inclán
284. **Jardín Umbrío**
Edición de Miguel Díez Rodríguez

Antonio Gala
285. **La Truhana**
Prólogo de Moisés Pérez Coterillo

Eduardo Mendoza
286. **La verdad sobre el caso Savolta**
Prólogo de Manuel Vázquez Montalbán

Iris Murdoch
287. **Bajo la red**
Prólogo de Javier Alfaya
Traducción de Bárbara McShane y Javier Alfaya

Fernando Savater
288. **Ensayo sobre Cioran**

Luis Mateo Díez
289. **La fuente de la edad**
Prólogo de José María Merino

Camilo José Cela
290. **Esas nubes que pasan**
Prólogo de Víctor García de la Concha

Miguel de Unamuno
291. **El otro. El hermano Juan**
Edición de José Paulino Ayuso

Alberto Moravia
292. **La Romana**
Prólogo de Francisco Umbral
Traducción de Francisco Ayala

Antonio Espina
293. **Luis Candelas, el bandido de Madrid** (próx. aparición)
Edición de Jaime Mas Ferrer

Gabriel García Márquez
294. **El otoño del patriarca**

Pedro Laín Entralgo
295. **Cuerpo y alma**
Prólogo de Diego Gracia

Platón
296. **La República**
Traducción de Patricio Azcárate
Edición y revisión de la traducción de Miguel Candel

Elena Quiroga
297. **Escribo tu nombre**
Introducción de Phyllis Zatlin

Nadine Gordimer
298. **Ningún lugar semejante**
Traducción de Barbara McShane y Javier Alfaya

Juan García Hortelano
299. **Tormenta de verano**
Prólogo de Carmen Martín Gaite

Francisco de Quevedo
300. **Historia de la vida del Buscón**
Edición de Ignacio Arellano

Soledad Puértolas
301. **Burdeos**
Prólogo de Enrique Vila-Matas

Antonio Buero Vallejo
302. **El tragaluz**
Edición de Luis Iglesias Feijoo

Jesús Ferrero
303. **Bélver Yin**
Prólogo de Rafael Conte

José Cadalso
304. **Noches lúgubres**
Edición de Nigel Glendinning

Carmen Martín Gaite
305. **Desde la ventana**
Prólogo de Emma Martinell

José Hierro
306. **Antología poética**
Edición de Gonzalo Corona Marzol

Graham Greene
307. **El revés de la trama**
Prólogo de El Duque de Alba

Fernando Arrabal
308. **Genios y figuras**
Prólogo de Ángel Berenguer

Jorge de Montemayor
309. **Los siete libros de la Diana**
Edición de Francisco López Estrada y María Teresa López García-Berdoy

Victoria Camps
310. **Virtudes públicas**

Félix de Azúa
311. **Historia de un idiota contada por él mismo o El contenido de la felicidad**
Prólogo de Fernando Savater

Miguel de Unamuno
312. **Del sentimiento trágico de la vida**
Introducción de Pedro Cerezo-Galán

Carlos Bousoño
313. **Poesía (Antología: 1945-1993)**
Edición de Alejandro Duque Amusco

Giorgio Bassani
314. **El jardín de los Finzi-Contini**
Prólogo de Antonio Colinas
Traducción de Carlos Manzano

Antonio Buero Vallejo
315. **La detonación. Las palabras en la arena**
Introducción de Ricardo Doménech

Dulce María Loynaz
316. **Antología lírica**
Edición de María Asunción Mateo

William Shakespeare
317. **Romeo y Julieta**
Edición y traducción de Ángel-Luis Pujante

Giuseppe Tomasi di Lampedusa
318. **El Gatopardo**
Prólogo de Antonio Prieto
Traducción de Ricardo Pochtar

Ramón del Valle-Inclán
319. **Tirano Banderas**
Edición de Alonso Zamora Vicente

Eduardo Alonso
320. **Los jardines de Aranjuez**
Prólogo de Germán Gullón

Patricia Highsmith
321. **A merced del viento**
Prólogo de Lourdes Ortiz

Carlos Arniches
322. **El amigo Melquiades. La señorita de Trevélez**
Edición de Manuel Seco

Jean-François Revel
323. **El conocimiento inútil**
Prólogo de Javier Tusell

José Zorrilla
324. **Antología poética**
Edición de Ricardo de la Fuente Ballesteros

Agustín Moreto
325. **El lindo don Diego**
Edición de Víctor García Ruiz

V.V. A.A.
326. **Son cuentos. Antología del relato breve español: 1975-1993**
Edición de Fernando Valls

Gustave Flaubert
327. **Madame Bovary**
Edición y traducción de Juan Bravo Castillo

Ramón del Valle-Inclán
328. **Los Cruzados de la Causa**
Edición de Miguel L. Gil

Ramón del Valle-Inclán
329. **El resplandor de la hoguera**
Edición de Miguel L. Gil

Ramón del Valle-Inclán
330. **Gerifaltes de antaño**
Edición de Miguel L. Gil

Justo Jorge Padrón
331. **Resplandor del odio**
Prólogo de Dolores Romero

Augusto Roa Bastos
332. **Hijo de hombre**
Prólogo de Adriana J. Bergero

Dante Alighieri
333. **Divina Comedia**
Edición de Ángel Chiclana

Javier Marías
334. **El hombre sentimental**
Prólogo de Elide Pittarello

Antonio Gala
335. **Samarkanda. El Hotelito**
Introducción de Carmen Díaz Castañón

José Ortega y Gasset
336. **La rebelión de las masas**
Introducción de Julián Marías

Homero
337. **Ilíada**
Traducción de Luis Segalá y Estalella
Introducción de Javier de Hoz

Émile Zola
338. **Germinal**
Traducción y Edición de Mauro Armiño

Ramón del Valle-Inclán
339. **Corte de Amor**
Edición de Joaquín del Valle-Inclán

José A. Vallejo-Nágera/José L. Olaizola
340. **La puerta de la esperanza**
Prólogo de Juan Ignacio Vallejo-Nágera

José Ortega y Gasset
341. **¿Qué es filosofía?**
Introducción de Ignacio Sánchez Cámara

Ramón del Valle-Inclán
342. **Cara de Plata**
Edición de Ricardo Doménech

Ramón del Valle-Inclán
343. **Águila de Blasón**
Edición de Ricardo Doménech

Ramón del Valle-Inclán
344. **Romance de Lobos**
Edición de Ricardo Doménech

Andrés Berlanga
345. **La Gaznápira**
Prólogo de Manuel Seco

Plauto
346. **Anfitrión. La comedia de la olla. La comedia de los asnos**
Traducción de José M.ª Guinot Galán
Edición de Gregorio Hinojo